星船与大树

马慧元 / 著

中华书局

图书在版编目（CIP）数据

星船与大树/马慧元著. —北京：中华书局,2018.6
ISBN 978-7-101-13129-1

Ⅰ.星… Ⅱ.马… Ⅲ.随笔-作品集-中国-当代 Ⅳ.I267.1

中国版本图书馆 CIP 数据核字（2018）第 056840 号

书　　名　星船与大树
著　　者　马慧元
责任编辑　贾雪飞
出版发行　中华书局
　　　　　（北京市丰台区太平桥西里 38 号　100073）
　　　　　http://www.zhbc.com.cn
　　　　　E-mail：zhbc@zhbc.com.cn
印　　刷　北京市白帆印务有限公司
版　　次　2018 年 6 月北京第 1 版
　　　　　2018 年 6 月北京第 1 次印刷
规　　格　开本/880×1230 毫米　1/32
　　　　　印张 7¾　插页 10　字数 171 千字
印　　数　1-6000 册
国际书号　ISBN 978-7-101-13129-1
定　　价　48.00 元

图一　马慧元练习管风琴

图二　剑桥大学国王学院中的管风琴

图片来源：英国管风琴期刊 *Organists' Review*　2016 年 12 月刊

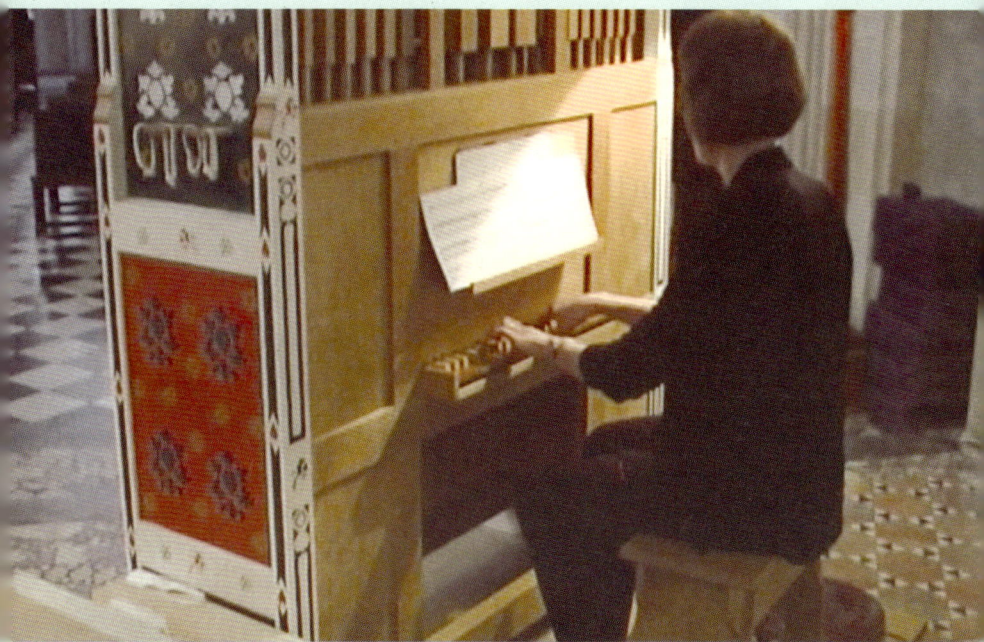

图三　英国一家 All Souls 教堂中根据旧琴仿制的琴

图片来源：*The Elusive English Organ* (DVD)，by Fugue State Films, 2010

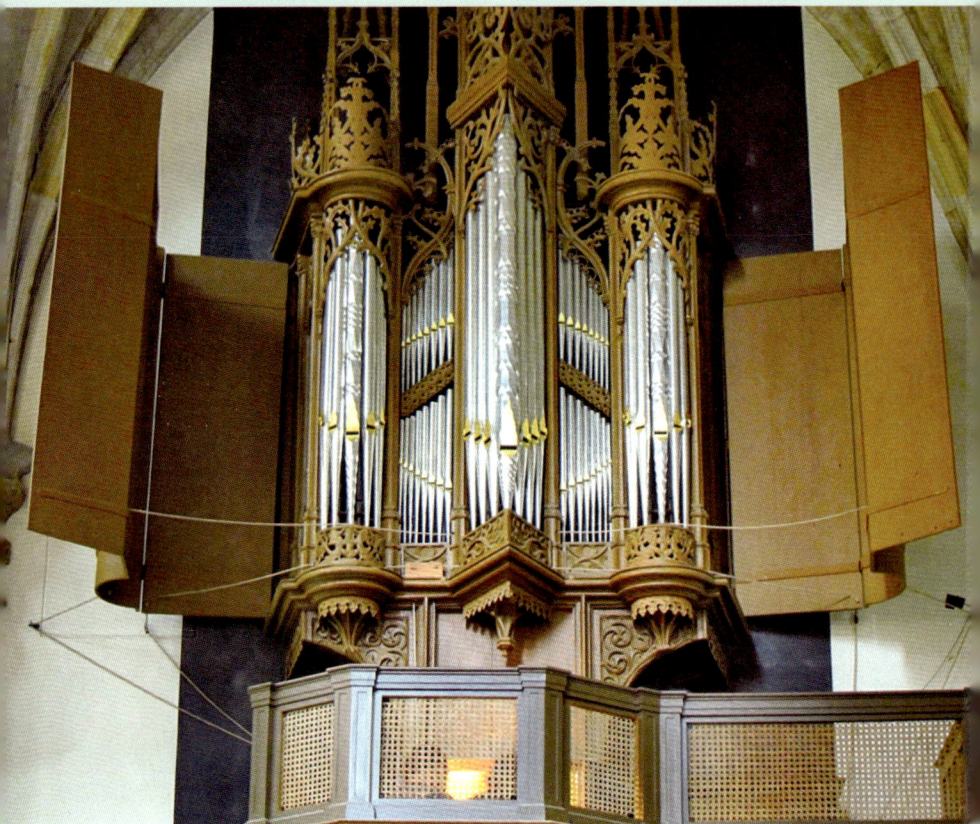

图四　阿克玛圣劳伦斯教堂北墙上的管风琴，建于 1511 年

图片来源：http://www.organduo.lt/podcast/sop-podcast-22-pieter-van-dijk-about-the-world-famous-organs-at-saint-laurenskerk-in-alkmaar-the-netherlands

图五　南墙上的 van Hagebeer/Schnitger 琴，1645 年建成，后多次改造

图片来源：https://upload.wikimedia.org/wikipedia/commons/6/62/Alkmaar_organ.jpg

图六　制琴公司 F. H. Browne 为英国福克斯通市圣三一教堂修建的琴

图片来源：英国管风琴期刊 *Organists' Review*　2016 年 12 月刊

图七　卡瓦耶－科尔为巴黎 La Madeleine 大教堂制造的一台琴的外观

图片来源：*The Genius of Cavaillé-Coll* (DVD), by Fugue State Films, 2012

N.º 19.

A.CAVAILLE·-COLL
Avenue du Maine· 15
PARIS

6.ᵐ 03

1 mètre

图八　法国圣但尼大教堂中的管风琴，由卡瓦耶－科尔设计制造

图片来源：*The Genius of Cavaillé-Coll* (DVD), by Fugue State Films, 2012

图九　法国圣但尼大教堂中的管风琴音管局部

图片来源：*The Genius of Cavaillé-Coll* (DVD), by Fugue State Films, 2012

图十　乔治和他的树屋

图片来源：*Baidarka: the Kayak*, by George Dyson, Alaska Northwest Books, 1986

图十一　乔治在他的树屋中

图片来源：*Baidarka: the Kayak*, by George Dyson, Alaska Northwest Books, 1986

图十二　乔治造船

图片来源：*Baidarka: the Kayak*, by George Dyson, Alaska Northwest Books, 1986

图十三　乔治的皮艇的外部框架

图片来源：*Baidarka: the Kayak*, by George Dyson, Alaska Northwest Books, 1986

图十四　乔治的皮艇的内部构造

图片来源：*Baidarka: the Kayak*, by George Dyson, Alaska Northwest Books, 1986

图十五　乔治在航行

图片来源：*Baidarka: the Kayak,* by George Dyson, Alaska Northwest Books, 1986

图十六　乔治在航行

图片来源：*Baidarka: the Kayak,* by George Dyson, Alaska Northwest Books, 1986

图十七　织布机用打孔卡来控制花纹

图片来源：维基百科

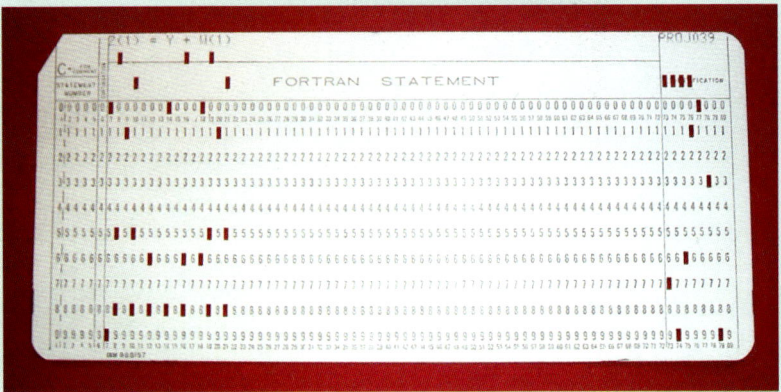

图十八　表达式 Z(1)=Y+U(1) 的打孔卡

图片来源：维基百科

前　言

　　自愿或被迫地,我近年的生活一直处于分裂状态。作为IT界从业人员,上班的时候要瞄准短期目标,天天琢磨怎么提高效率,尤其要关注潮流,生怕自己落后。商业也好技术也好,能在眼下的漩涡中保持不败的东西就是好的,让看得到的数字不断增长,就是硬道理。这个世界不太相信资历和权威,相信的是"事实"——一个回车键之后,屏幕上出现的结果。这些东西几乎黑白分明,而我们也被这种(自以为的)黑白分明所洗脑,这背后自然也就有了一套冰雪剔透的目标和哲学,"如何成为优秀的程序员""好程序员每天该做的十件事"之类,程序员这个社区的文化就这么一直拥抱着技术世界。我自己的电脑收藏夹里总是存着这些网页,希望自己在职场竞争中,起码完好无损。

　　我的生活还有另一个侧面,这就是跟音乐和阅读相关的世界。这个世界有一点守旧,一点顽固,一点自命不凡,它没有确切的统计数字来支撑,如果有的话也会主动拒绝(古典音乐唱片销量又减少了多少云云）。它瞄准的是世世代代中人心积累的记忆，依托的是一种基于"长久相信"的真理。我喜欢这个观点：世上的"真理"粗分有两类，一类是基于客观事实的，典型如科学和工程；一类基于在一定的群体内互相承认的信念，从政治宗教到文学艺术，都属于这类。而我喜欢的古典音乐，尤其是早期音乐——18 世纪以前的欧洲音乐，在当代音乐家的视角中尤为如此。艺术不仅仅是艺术，不仅仅追求一个悦耳并自圆其说的结果，音乐家们为历史研究的相对客观也争吵不休，看上去，乐器的"历史真实"，乐谱的相对本真，以及音乐的气口、断句都令人生出捍卫"绝对真理"的劲头。虽然，人们捍卫的仍然是一些传统，一种相信。信念从来都是动态的，也是有惯性的，它在一定程度上相信权威，相信过去的"相信"，但它没有什么说服众人的白纸黑字。它可能经历波折，回到起点，也可能挥手告别，万劫不复。它可能以少胜多，在残破纸片上流传于世，也可能因为一个偶然事件，彻底从文明中消失。"人心"的维度，在某些方面跟技术世界就这么势不两立。

生活在两个世界里，我有时深感这种"精神分裂"的无奈，但渐渐也会尝试追究其本。俗话说适者生存，我也在努力寻找平衡之道。在技术世界中，自我感觉良好并不会增加价值，自我肯定和辩护也不能让黑变成白。其实，这个世界所擅长的求知与求真，对客观真理的尊重，不惧成规的挑战，年轻人的锋芒，难道不是人文世界中同样需要的吗？而在人文和艺术的领域，种种变化的缓慢和不直接，能积累出跃于理性之上的火花，也可以成为自我膨胀和廉价谎言的温床。上面说过"两类真理"，细看之下又会发现两者彼此密密渗透：技术和商业，背后仍然有厚厚的心理积习。只是它的驱动机制,注定涉及大量善变的资源,也让驱动变化的力量本身发扬光大——种种成功学,尤其是程序员成功学,都在挖掘人的认知潜力,把精神资源集中到某种类型的思维方向之中。而音乐的背后,也有绞尽脑汁的设计与实现,从两小时长《马太受难》的框架,到某个瞬间定格于一个和弦,光辉的静止,它分享技术世界的专注和改变,只是方向不那么唯一。它鼓励不规则的惊喜,容忍某种程度的孤立和冷落,能接受怀旧与轮回。它的背后有缓慢和沉默这两种利器,在一个安静的剧场中等待史诗。

的确,自己近几年的写作,背景都是这两个世界的纠结,不过也因为这种纠结,我对科学史越来越喜欢,最初是出于对人的兴趣,比如作为普通读者爱读的“故事”——科学和科学家都有各自的命运,正确的人遇到错误的时间,往往终结于悲剧。我渐渐也会好奇他人遭遇的“两种文化”,包括历史中的科学,科学中的个体,以及科学与人文之间的裂痕。书中《星船与大树》一文也事关裂痕:物理巨匠之子乔治·戴森曾经像个野人一样住在树林中,跟预想中的中产阶级生活、常青藤教育南辕北辙。爸爸多年来倾心的是飞往火星的“星船”,跟他毫无交集。若干年后,谁也想不到的事情发生了,曾经的高中辍学生乔治成了这段当代科学史的最忠实书写者。不过父子仍然彼此独立,各有其指向远方的骄傲。我喜爱这书名的“辽阔”,取来做标题,“星船与大树”与本书的两个版块恰有寓言式的呼应。

写人文跟科学的交互,生物学家斯蒂芬·古尔德是大师之一——其实古生物、进化论这些话题,命中注定地,将触及科学、宗教和伦理的底线,把"人"与"物"拷问得遍体鳞伤。本书《斯蒂芬·古尔德谈屑》一文则仅仅选取古尔德广泛兴趣中的一个小小侧面,也就是纳博科夫的蝴蝶研究与写作的互搏。纳博科夫终生热爱蝴蝶鳞翅目的分类研究,倾注心血无数。而且,他自有一套思考习惯,对细节穷追猛打的精神在蝴蝶研究和小说写作中似乎有类似的强度,但他张狂的想象力和勇气,似乎只结晶于文学。从世俗的角度衡量,他的蝴蝶研究没有产生巨大的成就,因为他的努力,主要限于收集资料和归纳。毕竟,科学与文学需要各自的"运气"——思维方式偏巧能激发特定灵感,并能合于情境需要的运气。纳博科夫拥有其一,并无其二。

我们并无良方,来解释纳博科夫的成败得失(或许这根本是个伪问题),就像没有良方来愈合不同思维方式之间的过度分裂。《哲学家的早餐俱乐部》一书,给读者还原了一个"科学家"称谓尚不存在的年代——那时,英国绅士们尚在业余时间格物致知,大学里学的是古典学。终于有一天,剑桥人能理直气壮地拿着科学学位毕业了,各个"学位"之间的割裂也走上了不归途。知识海量增加,技术疯狂发展,一个看似小小的关注点能做出一个博士学位,事实面前,有没有"倒退"之途?

而我只是一个自身处于多重生活的作者,我没有答案。我只有观察和伴随。

目 录

MUSIC

音乐之错

"现在的人都不懂得光线了。"[1]

这是著名古乐（一般指 18 世纪中叶之前的音乐）指挥佩雷斯（Marcel Pérès）的话。这句话的上下文是，教堂里从前用烛光，这跟现在的电灯光完全不同，现在的人们已经无法理解烛光的柔弱和力量，以及信徒手捧烛光的敬畏了。这话让我印象深刻，心想，早期音乐何止复制旧音乐，其实是在复制旧世界。而这怎么可能？

近年来，我还是越来越喜欢早期音乐。它的陌生和遥远让我好奇，每次试着听一类新作品，都有接受挑战、磨炼价值观的快感。连演出不多的拉莫歌剧都让我雀跃——拉莫的歌剧真是古董了，虽有爱恨情仇，但被时代风气包成了塑料花，让后人搔不到痒处；气氛也太隔，不过供人作想象之用；也有美好之处，连其中的矫饰都很迷人。一代

---

1 *Inside Early Music: Conversations with Performers*, by Bernard Sherman, 1997.

人的矫揉造作,在另一代人眼里也许就是精灵古怪,天真烂漫呢。

早期音乐的内容实在太丰富,太有活力,看上去远离当下,但并非象牙塔。我最近听了三场印象深刻的音乐会,包括一场讲座。三场的主角是钢琴家列文(Robert Levin)和大提琴家埃萨里斯(Steven Isserlis),曲目是熟悉的贝多芬大提琴奏鸣曲。列文是我最喜欢的早期音乐学者之一,他关于"即兴演奏莫扎特"的讲座,我能找到的都认真学习了。对这类讲课或演奏,我最感兴趣的还不是他们呈现的音乐声音,而是背后的想法和辨析。列文是古典演奏家中的奇人,他自作主张地改编了不少莫扎特的作品,包括没人敢碰的《安魂曲》——当然是根植于多年研究之上。有人问他,(假如能遇到古人的话)是不是最想碰见莫扎特?他说不,"我最怕看见莫扎特了,他会说'你这个傻瓜!'"哈哈哈,这是专家的谦虚了,事实上列文谈及莫扎特、贝多芬,真是口吐莲花,让我五体投地。

列文一直有个重要的观点:研究早期钢琴上的贝多芬,不一定意味着弃施坦威而转向早期钢琴,而是通过早期钢琴去了解贝多芬的想法,进而在施坦威上追求那样的效果。他说自从开始了解早期钢琴后,自己弹施坦威的感觉完全变了。

说到谱面给演奏带来的疑点,列文举出了好几个后人错解古人的例子。又说到学者指出的误读现象,这算是老话题了,基本在各类古乐杂志中都能看到,但许多例子看上去很明显,却错了一百年。怎么回事?有时我觉得演奏家太缺乏怀疑精神,敢于挑战谱面的人太少;有时我也深感"习惯"之力。艺术离不开感觉,而感觉总是滞后于"事实"的。音乐家们凭自己的音乐感,往往把"不正确"的读谱弹得有滋有味,自圆其说。正确与否,看上去早已不重要。此外,权威演奏家定的调子,后人唯恐学不像,哪还有怀疑的力气?古典音乐演奏圈子,有时保守,有时势利,这个极复杂、极智性的世界,也常常被看不见的威权所制。

列文和埃萨里斯都提到对很多版本的疑问及细节上演奏家需要做的决定。列文谈到切分音,他边大声数拍子边弹,然后让大家比较结果。微妙的东西总是可以呈现的,用直接操习和试错的方式放大"微妙",教人感知,再把"微妙"完好地嵌回到呼吸里。音乐由生到熟,本该如此,此乃学习之道,也是文化传承之道。这是我的观点,也是我以为的,对音乐最有效的谈法。

此外,很多时候,对音乐效果的歧见与辨析,并不仅是音乐问题,也是普遍的历史研究问题、文化问题。音乐学家罗森(Charles Rosen)好几次指出肖邦作品版本混乱,仅仅印刷错误本身就把音乐扭曲了——而且错误还不算太低级,让本来就充满新意、难以预测的作品完完全全真伪莫辨。再比如列文说,贝多芬时代,音乐出版就是以音乐家为目标的出版,"外人"干预不多;到了19世纪后期,业余爱好者的需要增加,版本编辑相应出现,这就是那些所谓"被污染"的版本。20世纪,音乐学研究成熟,加上口味变迁,演奏者人人都恨不得有本净版(Urtext)。不过,这些版本之间本来就不同,再加上作曲家自己的想法也并非不变,故后人以为谱子没标注就是本真,同样是伪命题。标记背后的文化习惯,永远会被漏掉,你永远需要全部的历史和音乐经验去解读贝多芬的句读。

在我眼里，音乐的记谱以及记谱之中的迷失，就是一部活生生的人的弱点的历史。我们会懒惰、浅尝辄止，会遗忘、取巧，会因为本性中的想象力不知不觉地"说谎"，也会因为权威的声望而臣服。但我们又如此牵挂着好东西，有求真的诚心。特别是 20 世纪以后，科学精神渗透了各个领域，学院风气从未远离，精细和确切的要求更不会降低。在 *Inside Early Music* 中还有一篇文章，标题就是 *You can never be right for all time*——你不可能总是对的，让我大笑不已。"right"一说，可是大家心头永远的痛，也是一个长期的敏感词。但这样的痛苦和麻烦，也存在于任何异国、异时的对话中，说来无非是一种人生试图去接近另一种人生。爬坡之苦，是因为人生距离之远吧！

字与音

　新一期《国际钢琴》上有一些对年轻钢琴家的点评,还算有些道理。比如拿王羽佳和几位年轻钢琴家比较,说王弹得快,但句子不清晰,而且音色很差,不像马祖耶夫(Denis Matsuev)等人,再快也有质量。话说得有点狠,我作为王羽佳的粉丝,也不由小小地冷汗一下。我也觉得她有时太糙太猛,从技术层面,最让人难堪的批评就是“快而不清晰”了。听上去很小儿科,但钢琴真的太“动作”、太“体育”的话,就算名家都难避免低级问题。对王羽佳的演奏,我总体上很喜欢,并且常能听到一些努力的尝试,可见她并不满足自己的现状。但因为演得太多,不可能每场都好,状态不好的时候让乐评人听到,就有点惨。

　现场演出就是这么残酷。我一般并不尽信乐评,我想对人的评价应该以其状态最好的时候为准,至于最坏的时候,那可不好说。演奏家不是不尽力,知道怎么做并努力去做了,但有时效果偏偏没出来;在高压之下,能把音乐展现得活灵活现,真是万分幸运。杂志提到范·

克莱本(Van Cliburn)比赛中的张昊辰,也提到钢琴比赛给人带来的压力和激发。"演奏心理"真的很奇妙,这个化学过程可能灿烂也可能晦暗,可能挤压出最辉煌的东西,也能把人拖到谷底。

对于自己熟悉的演奏家,我会留心一下乐评,但尽量不让乐评太影响感受。音乐过程和评论过程是如此不对等,一字一词之下,忽略了漫长的音乐锤炼过程,并常常有君临天下的态度,往往终结于简化和欺骗。我自己也算用文字来触及音乐的人,对文字的边界并不陌生。其实我有种冲动,哪天写篇文章,专论"被文字捕捉的音乐"和"被文字漏掉的音乐"。

总的来说,文字长于叙事和判断:那些有因有果,有开端、有结局、有戏剧性的音乐元素,容易跟文字有交集;指出一些事实,比如哪个音弹错了,也是文字可为的,几乎不用做任何处理,文字跟事实就能有直接的对应。此外,有现成标签可用的音乐元素,方便嵌入到公众习惯的一些叙事,比如某某主义、某某风潮、谁是谁的继承人之类,也很容易撑起文字的脉络,让写文章的人顺手拈来,然后一再强化标签的力量。其中有创意的文字,是能够重组标签或者发明新标签,让后人在"标签库"中找到更多的选项。

但涉及音高、音色,文字就不可能直接映射,只能间接激发读者的回忆和想象;涉及音乐的具体形态,又只能给出谱例才能与听者沟通,但非专业杂志清一色不欢迎谱例,所以在大众文化中,跟谱例对应的音乐细节,或者说写文章的人所回避的东西,永远缺失着——因为它已经缺失,作者们得从头为读者构建,这实在太麻烦并且不讨好,所以就只好永远缺失下去。

有人问我，你读过不少关于巴赫的书，对巴赫是不是很了解了？我斩钉截铁地说不。涉及具体音乐元素的书籍，需要缓慢的音乐学习和经历才能吸收，这个过程对我一直是进行时；而那类为大众写的书，无论新旧，一直都在可写、好写的地方打转，永远在重复标签或者重组标签。比如新入手的这本《重新发明巴赫》(Reinventing Bach，2012)，内容不少，形式新奇，但不外乎是"巴赫和关于巴赫的故事""演奏巴赫的音乐家的故事"，外加唱片销量统计数字。拿到这本书，我本能的反应就是：巴赫的哪些部分再一次被人小心翼翼地绕开，成为文字中的真空；而哪些部分又被重复而密集地扫射；文字和音乐，在哪些地方再度势不两立。文字试图围攻音乐，而我知道它将溃败而返。把文字洋洋得意的小胜和无声无息的溃败标成图表，那一定是一幅精彩的"时代文化"肖像，尽管后者其实是无边的暗物质。

这或许是文字的无奈，但并不意味文字无可作为，把音乐推到"不可说"(另一个标签！)的境地了事。套用鲁迅先生的话：世上本没有语言，讲的人多了，就有了语言。从专业性的分析来说，如果音乐家、评论家认为某现代大师的作品无法讲，也算(暂时)情有可原，因为讲得还少。但你说贝多芬、肖邦没法谈，那就是自欺欺人了。这些东西，人们讲了两百年，点点滴滴的话语虽然各自经历了溃败，但起码有点"蚕食"的力量，把坚冰融化到音乐家读者中那么一部分。用语言去捕捉音乐，一网打尽不可能，但在"打"的过程中，框架、思想都在廓清，这个动态过程很重要，也是文明传承的重要机制。以上为专业类描述，那么专业之外的语言，是否注定在音乐的某些部分留下真空？

　　不幸的是，很可能如此。有一次我听了威廉·肯普夫（Wilhelm Kempff）演奏的贝多芬奏鸣曲，被深深打动，又无力细述，发现自己有了这么一种 end user（终端用户）的心态：将自己的心思彻底封存，拒绝去拆解和琢磨它。但自己真的甘心如此么？贝多芬会更愿意听众一起去经历什么，还是在声音的盛宴之后沉默不语，满意而归，最终跟它渐行渐远？至少我，虽然不完全相信文字，但我相信共历，起码我可以到乐谱中追索。文字充满欺骗，但世上何尝有过无文字的"纯粹"的面对？普通人对音乐的攻克，连蚕食都说不上，但透过文字的有色镜也好，警惕文字而直面谱例也好，总可以有一种簇拥和共振吧，到目前为止，我还这样相信。

新与旧，多与少

近年来，我一直鼓励自己回避或警惕那些跟群体有关的名词。比如"时代""土壤""风气"等，太多了，它们潜伏在人类所有的声音里。无论什么语言，但凡指称"人"，除了具体的人名，基本都是"人群"在活动，尤其在历史叙述中。所谓人，都是人群，所谓行动，都是众人行动的平均值——语言就是这样积淀、聚焦出来的，每一个词语背后，都是无数模糊身影的叠加。当然，人跟群体的关系，也因情况而异。跟"群体"的统计数字最相干的人起码包括政治家、商人、教育家、出版人等，他们的工作对象就是作为集合体的人群，求的是人头统计中的利益最大化。作家唐诺在《尽头》中说，自己不得不同时准备作为个体的读者和从集体出发的出版人的视角，两种出发点自然相反。他还说过，你想想几万人都点"赞"的，会是什么东西？你我都不陌生，那种疯狂转载的帖子，点击最高的视频，那种人群的最大公约数，要低到什么程度？

之所以有这种回避群体的怪念头，是深感现在的世界，对"人"的侵略和渗透太厉害，想反击不行，想沉默也难，略一张口，即入罗网。看音乐史、艺术史，我也不得不承认，那些杰作、畸人，往往也是时代的产物。也许某些东西的时代过去了？我还真不情愿承认这个时代之中，浮躁是必然，抛弃艰苦和专一是必然。

人数的反面是个体，而个体生命之间的隔阂却更令人绝望。最近，我在网上看到钢琴大师内田光子指挥和演奏的贝多芬，颇有感想，好坏两方面都有。内田是当今的大师之一，她在采访中说的话，跟她这个活在音乐中的人融成一体。而这个衰老瘦弱的人，谈到音乐时立刻鲜活得强大，larger than life。她这么说的，每次演奏贝多芬都有新鲜的感受，每次和乐队合作都有变化出现，自己每次的处理也都不同，所以，贝多芬并未令她厌倦。这话其实并不奇怪，你可以从许多大师的嘴里听到类似的表达。而我想的是，古典音乐的另一面，正与这种无限度的精益求精相对称，那就是它的保守。

如今的老派演奏家们虽然在凋零，但毕竟还没有完全消失。随便举几个 big names(大牛)，从内田光子到布伦德尔(Alfred Brendel)，如果你跟他们说他们太保守，老把几个作品来回演，毫无新意，他们肯定张大嘴巴看着你说：什么？我每次演奏贝多芬都有新发现，每次都是新的探险，我的演奏每次也都不一样，你听不出来，怪谁？普雷特涅夫(Mikhail Vasilievich Pletrev)甚至说过这样的话：我在新音乐上花过很大精力，最后却感到自己在浪费时间。真正让我感到新鲜、先锋的，依然是贝多芬的音乐。

他们的感受是真实、个人化的——甚至也很可能是客观的。这样的人，哪怕失去了市场和受众，他们还是会被尊重，会以某种方式被记住，因为他们毕竟用毕生的成就说服了不少人（又是一个群体名词！）。但问题是，第一，仅仅贝多芬、莫扎特，让人一辈子都弄不完，但整个世界会静止在贝多芬和莫扎特这里吗？第二，复杂音乐的微妙，如何传递给观众，这是最难的事情——你觉得经典中有无穷意味，这是由你自己的人生决定的，但这样的人生，在现代社会是少数。是不是可以这样说，有时候某些艺术形式衰落，正是因为沟通的困难，内行自己弄得有滋有味，但他们的生活轨迹和语言，已经无法被外人听懂，更无法自动扩散。

古典音乐也许是这类事物之一。音乐家一辈子弄不完的事情，一般听众，哪怕连贝多芬的《第五交响曲》都没听熟，也可以认为"古典音乐听上去都一样，就那么点东西反复演"。他们虽然连贝多芬的曲子没听过几首，但仅仅因为这个世界上已经有过千万人听过并谈论过贝多芬，就肯定地认为这些（自己没听过的东西）都过时了。而他们的感受也是真实的感受——谁对？

如此对立的看法，在各个领域里都存在。简单地说，对复杂的东西，人们的认知差别太大了。就古典音乐而言，它两百年前就拔地而起，脱离了日常业余性的操习，今天则更远离当代人的生活。对当代人来说，古典音乐是个刻意营造的乌托邦。因为刻意、因为不直接、因为回报的缓慢，"人数"撞在这样的高墙上，自然如同摔碎的浪头一般。人数是虚妄的，但它却又以极不精确的方式，顽强地做着经济、社会上

13

的选择，塑造历史。

这样说来，人数和个人之间的缠斗，永远都在那里。一个合适的动态平衡，只能随缘而成。我自己的视角，尽量包括两方面。一是尽管我很小心，但仍然时时处处受"人头数"的影响——除非完全缄默，不用语言。作为整体的受众概念，就像皮肤一样离不开所有人的想法。但另一方面，也会提醒自己"人头数"仅仅是一个数字而已（而人类是多么容易被这个奇妙的数字吸引），艺术是给人自由的，而"人头数"是各种监牢之一。人作茧自缚可以，毕竟那茧也是生命的依托和护佑，甚至是世界的脉络和方向。但我还是舍不得放弃那么一点点破茧张狂的自由，逆风而动的自由——它真的存在吗？在幻觉中，在沉默中，曾经有过自由的回响？

音乐与人

　　我上台演出的机会不太多，但每一次总有些印象。除了演奏本身的压力，更难忘的就是前前后后的焦虑和准备。有时觉得自己在音乐上准备得几乎万无一失了，但仍然不知道台上会发生什么。平常练琴的时候总想着"手艺的尊严"，面对观众却又感到无力，平日的光阴和辛苦显得不堪一击。因为不放心，逼自己再仔细看乐谱，结果又发现很多过去没注意到的东西。可见不管弹得多好，千万别以为自己就把音乐信息都穷尽了。但就算真穷尽了音乐信息，音乐在整个台上的过程中只占一部分，而演奏者跟自我的激战，那才是真刀真枪。人是一种多么善于制造痛苦然后克服痛苦的动物啊！

　　至于上台之后的实际感觉，因人因时而异吧。如果我们采访一下演奏家们的演出感受，恐怕能写成一本厚书。我自己呢，有时觉得"没有想象中那么糟糕"，尤其对弹管风琴的人来说，因为不直面观众，感觉周围静谧如水，光线宜人，比平常练琴还舒服——何况旁边还有人给翻谱！天堂也不过如此吧。感觉不顺的时候,则是全世界都在跟自己对着干,那种惊惶、无助和内疚,真是刻骨铭心。

地球人都知道音乐家在台上弹错几个音,对观众也不会有多大影响,尤其是管风琴这种冷门之物,也只有资深同行之间才能批评。但地球人,除了自闭症患者,都会感到他人的气场。同样的空间,有人和没人,"上下文"完全不同。而因为这个环境的转变,多少人需要心理课程才能面对它。我往往看上去还算镇静,但这正是因为调动自己全部能量的缘故——我必须激发自身最大的能量和能力,苦苦说服自己,才能保持镇定。谁都知道,所有的压力和恐惧,都来自想象,但这个想象,多么深刻地植根于社会和人之原初——而面对众人时"自我实现"的幻觉,同样深植于心,难以摆脱。想想看,如果我不演出,的确可以省掉这个"内耗"的精力,更集中在音乐上——可是这个自我斗争,确实也是个发现自我的过程。人在这种当口,变得极为敏感脆弱,舞台的光线、乐谱、凳子,这些沉默的寻常事物都可以在某个当口怒吼起来,让台上那人无路可逃。

而(想象中的)舞台的胁迫,只是舞台经历的一面。

看过一个音乐纪录片《九月里的五天》(*Five Days in September*, 2005),讲的是指挥家欧德健(Peter Oundjian)指挥多伦多交响乐团的事情,颇有亲切的人间气。又因为是随时间进行的自然记录,有一些真实的意外。意料之中的是演奏家的神态和笑语——埋头练琴和排练的人,往往就这么简单。这种简单让人莞尔,也会让人联想到平日练琴的厌烦和琐碎。

跟类似片子一样,重点总放在那些大明星上,在这个片子里最著名的人物是歌唱家弗莱明和大提琴家马友友。明星们飞来飞去,到某地演出,跟乐团只能合练一两次,乐团和指挥都要去努力适应。谈到跟明星的合作经历,指挥总是会提到他们的孤独——不用说,古典音乐的反社会、反生活特性会让人孤独,少数人"高处不胜寒"更会孤独。不过,不少明星还是愿意与人合作、合演的,希望带动每个人,而不只是自己玩。典型的是马友友,恨不得手舞足蹈鼓动大家的情绪——这个人快乐得简直不真实! 有时我觉得他不可能这么快乐,不可能这么喜欢人,可是说不定这都是真的,毕竟是受音乐眷顾的幸运儿。而每每音乐家不断尝试,发现一些新鲜手法的时候,加上众人在场时的兴奋感,大家都神采飞扬,分享着快乐。突然想起,另有个关于他的纪录片,叫做 *Art for Life's Sake*(为生活而艺术),标题太恰当,太马友友了。

"气场"一词,或许就如此——气场其实是"人场",他人在场所激发的想象,就这样放大人的情绪,或许和舞台上的压迫感是同一个道理。想想看,音乐和人的社会性,是很紧密相关的,尽管某些音乐看上去更反社会。但是,反社会的音乐是不存在的,顶多是面对的人不那么可见而已,而美感,终归来自人心之间、幻觉与现实之间的反射。总的来说,音乐的氛围、激发的想象、彼此的反馈、对生命的镜像和包容,难道不都是由人激发的吗? 当然,爱也由人,恨也由人,芸芸众生,博爱很难。有人让你对立、远离、保护自己,也有人激活了你。而音乐中那些难以言说的东西,那些神秘、不可预测的亮点,我只能解释为人与人之间的感应,有时是演奏员之间,有时是演奏员和听众,有时则是演奏员和看不见的作曲家之间激发的。我们携带着自己的人生融汇在声音里,又无时无刻不作为他人的背景。世上的化学反应,就这样秘密地无处不在,别人的人生都是我们的谜语。

绝大多数场合,我坐在台下当听众的时候。优哉游哉地享受匿名的状态,偶尔也会好奇台上之人的心思——我们彼此阻隔、无语,音乐并没有拉近我们,但它会指向着一个共同的家园,音乐中的人生碎片则在其间击掌相识,之后彼此相忘。

练　琴

我曾经自作多情地总结了一下,到底什么样的人才能坚持练琴——我指的是真练,希望越弹越好,不怕否定自己并长期爬坡的那种练法,而不仅仅是为了娱乐而重复自己喜欢的段落。前者是一种消耗,也是动态的生长,缺点是痛苦甚多;后者少痛苦,但似乎没有长期信念之下的进取。想想看,我觉得这么三类人有可能坚持练琴:

第一类:演出频繁的职业音乐家。他们确实是最活跃、最努力的音乐家,也比较幸运——能称上职业音乐家的人很多,惜上台者不多。

第二类:一直跟老师学习的人,包括音乐学院学生和上私人课的人(我自己算一个)。演出机会不一定多,但有人盯着,严格要求,不断批评,好歹能推动自己往前走。

第三类:既没有演出,也没有老师,但还肯认真求进步的人。这就差不多是神一样的存在。钢琴家朱晓玫在人生某些时段肯定是这样的,这也是我特别赞赏她的原因之一——哪怕不说人生也不说音乐,仅仅事关练琴本身。练琴本身说不上啥要命的苦,难在时间长、见效慢,进步的途径非常反直觉,真正有效的方式看上去一点也不酷,枯燥无比。这样的事情最磨人,简直是一种让人发疯的慢性病。现代人想法活络,可干的事很多,好玩的事情层出不穷,那么每天你都面临一百个不练琴的理由。我自己总结得很干脆:练琴,炼狱也。

那么练琴这件事到底怎么特殊法,让人这么死去活来?美国人库尔茨(Glenn Kurzt)的《练琴:一个音乐家的回归》(*Practicing: A Musician's Return to Music*)一书就表达得不错。此人从小弹古典吉他,有一些成绩,获过奖,开过音乐会,还读完了音乐学院。谁能料到,读完音乐学院,问题也来了:一是谋生之累;二是渴望成功之痛;三是当选择增加,没有一个确定的动力让你闭上眼睛每天干一件艰苦的事情的时候,怎么解决动力问题——作者没有清晰提出,我擅自猜测的——就这样,音乐学院读完,他反而放弃了练琴,去读了个比较文学学位,还拿到了博士和教职,算是很幸运,甚至,放弃练琴对他而言未必是坏事。不过,此间的迷茫和痛苦,是他青春期的主题。

书中许许多多的细节,都让学音乐,尤其是古典音乐的人,感同身受。比如对“更好”的渴望,遭到否定时的打击;给人弹婚礼音乐,感到“骗骗不懂的人真容易”——既然如此,干嘛还往死里练?你练得死去活来,把所有该受的罪都诚实地受了一遍,最后发现听众根本无所谓,你的努力,并没造成什么区别,那何必不弹点轻松的东西,皆大欢喜?书中还有这么一句刺痛人心的话:演奏新作品需要勇气,成为音乐家本身就需要勇气,而最最需要勇气的,是 remain a musician——让音乐塑造自己,无论音乐告诉你什么。也许音乐会让你成为明星,也许你长大之后发现自己的幻觉和热情都是一厢情愿。许许多多的瞬间,你被命运告知自己错了,这时你还能收拾起破碎的自尊,继续上路吗?

古典音乐(尤其是器乐演奏)这个事情,一方面传统明确、竞争激烈,有比较客观的标准,可以苛求到无限;另一方面因为传统负担重,演奏者熬到出头不容易,不少人还没等到辉煌的自由出现,早早绝望放弃了。我自己在《音乐的容器》一文中写过:"既保持科学、反直觉的训练方式,又要秘密收藏着自己的直觉,两头一夹,剩的人就很少了。""生长和顺服,是艺术上永远的矛盾。人生尚存之际,那个受压之'我'就在顽抗。"

回报如此不易,练琴的人还是络绎不绝。也许正因为古典音乐的相对客观,标杆永远在那里吸引人攻坚,同行的激励也从来不会消失,就像职业体育,总有一种超越自我的信念让人着迷。再有就是像各种漫长的事情一样,音乐最终成为伴侣和习惯——伴侣和习惯不一定是好的,但它就是在那里,不容易分手。最有趣的是,人生在日复一日的操习中放大,人之间的细微区别,生命中隐晦的密码,原本都悄无声息,是长年的音乐让它们发声,让它们在光照之下凸显棱角。生命的棱角也不一定是好的,它只是鲜活和不同而已。声音或许响在音乐厅之外,但它的振动贯通全身,辐至心灵。

其实,练琴一事,包括《练琴》一书,让我想到的不仅仅是音乐。时代也许已经不大看重古典音乐、甚至类似的深厚技艺了——残酷的练习背后,是更残酷的音乐过剩的现实。但时代仍然看重 ego(自我),

仍然鼓励个体对孤独和辉煌的梦想。孤独往往指向更长远的价值，至少我们被说服相信它。社会一面孤立着长期而缓慢的努力，一面又尊重传世的独特性灵。古典音乐，是不是这夹击中的挣扎？也许它在诘问中只会沉默，也许它只会指向更加沉默的未来。

《古典风格》识小

　　谁说的来着,"读好的学术著作犹如探险",这话对《古典风格》实在太贴切。虽然觉得自己无力正儿八经地谈论罗森,读此书到底也有好几年了。从惊艳、击节到一些质疑,再到不断受到感发和激励,几年中屡屡重读,读书苦乐,莫过于此。此书确实不能当作"古典音乐普及/扫盲""古典音乐傻瓜指南"来读(罗森假设读者拥有一定技术背景,往往不屑解释就扬长而去),犹如你不能用《管锥编》来学中文。

　　大概地说,此语境中的"古典风格",指的是海顿、莫扎特和贝多芬的风格,全书围绕着这三人的音乐展开,也举出大量相对次要的作曲家的例子。罗森在形式、语言和风格这几个话题背后,还嵌入了时间这个难度更高的变量(比如把巴赫去世的1750年作为一个重要分界线),他对风格的把握,常常精确到诸作曲家同一年份的风格走向。而此书的话题本身,决定它到处触雷,不仅因为音乐难写,风格难总结,历史难复述,还因为"古典风格"或者说任何时代性风格因涉及多国历史,本身就相当驳杂。要想服人,既要有统计性事实(什么类型作品占什么年份的多少份额之类),又要有洞察力,在数字统计之上把握 big picture(大局)。音乐与历史彼此放大之后,尘埃落到纸上,注定是文字语言和音乐思维的激烈交锋。前面说过"读书是探险",这在语言的交锋中体现得淋漓尽致。我边读边陷入无尽的快乐,但也会担心自己过度沉醉于文字本身,任其自身的强势逻辑覆盖了音乐的脉络。罗森表达能力极强,用语言来网罗、捕捉音乐特点的能力也极强,有时他会陶醉于一剑封喉的快感和贴标签的文字游戏中。

因为接触过海量的文献,罗森的底气很足,不怕分析作曲家的写作心理。比如谈到莫扎特的《C 大调弦乐五重奏》(K. 515),"在这里,莫扎特避免从主调真正离开的运动,其时间跨度比他此前所写作的任何作品都更长:他将主调性换为小调,他以半音化将其改变,但是他在走向属调之前,一而再、再而三地坚决回到主调性"。"当然,长度规模本身并不意味着什么;步履和比例才是一切。这个呈示部中不同凡响的是,莫扎特发现了贝多芬的维度的秘密。"罗森何以如此肯定莫扎特直接吸取贝多芬的经验? 这种归类、推断比比皆是,作者恐怕是有点小小得意的,不过连粉丝读者们也常替他捏把汗。

此外,关于贝多芬是"古典之大成",还是"浪漫之先河",对今天的聆听者甚至演奏者,似乎并不重要。但要涉及"古典风格"这个话题,罗森对之还是很在意的。他在很多地方都强调贝多芬虽然轻视海顿,但在实践上却是海顿、莫扎特的继承者。罗森甚至认为贝多芬跟浪漫派没什么直接关系,他仅仅是"小试"了一下浪漫风格,后来迅速转回古典传统。这样的论述极为大胆,罗森不倦地在几本书中引用大量例子来佐证这个观点。另一贝多芬专家梅纳德·所罗门(Maynard Solomen)虽然赞同罗森的许多看法,但他在《晚期贝多芬》(*Late Beethoven: Music*,*Thought*,*Imagination*,2004)一书中批评罗森不能自圆其说,因为罗森自己也说过贝多芬的高峰期是"拿破仑和后拿破仑时期"。我想,读《古典风格》,离不开罗森的另一大著,《奏鸣曲式》(*Sonata Forms*,1980),因为在谈论贝多芬的时候,两书分明有着互相支持,力求自圆其说的味道。

从罗森若干著作来看,我感到他的强项是古典、浪漫时期以及一部分现代作品,尤其是键盘作品。就连巴赫,罗森也认为键盘作品才是他的重心,这一点,合唱指挥们恐怕很难接受。罗森对"前古典"时期的轻视更加明显,尤其体现在他对巴赫的儿子 C. P. E 巴赫(Carl Philipp Emanuel Bach)以及他散见各处对巴洛克音乐的评价。他不止一次表示许多巴洛克时期的作品价值很低,许多人爱听这些作品,不是因为音乐本身的缘故(我猜,言外之意,听众迷恋的是音乐激发的历史感)。他对管风琴、羽管键琴以及各类早期钢琴都不以为然,跟早期音乐家们争端不断。他说过演奏贝多芬是用现代钢琴还是早期钢琴完全是个"伪问题",因为贝多芬时代所谓的早期钢琴之间的差别甚至超过"现代钢琴"和"早期钢琴"这两个概念的差别。

不知为什么,我觉得他和文学评论家哈罗德·布鲁姆(Harold Bloom)有那么点相似之处,在腹笥骇人的前提下,他们心中都有"绝对"的价值观,不怕用它来衡量古今作品。音乐跟文学相比,离政治、社会这种话题距离远一些，所以即便有不同看法，还不至于大范围地触犯众怒，就这一点来说，罗森激起的反驳比布鲁姆小多了。罗森一再强调"coherence"，也就是整体的协调、一致和比例的妥当，而用这一点来衡量"前古典"，确实会感到唐突和比例欠妥。我对他的这类结论，往往有两面的感受：如果从他的出发点来看，无疑是对的；但他的历史观点似乎又是后验的。想想看，如果 C. P. E 巴赫之后没有海顿来形成古典风格的框架，如果 C. P. E 巴赫在后代中有着更直接的影响，那么我们对"coherence"的理解恐怕也是不同的，而 C. P. E 巴赫若无海顿映照，其"影像"可能也不同。罗森固然言之成理，但两人皆有各体裁的海量作品，严密的比较恐怕超出了此书的容量。文字刀锋之下，历史如蜡，音乐如蜡；三者互相追逐，有时焦头烂额。悖论乎？

这样说来，读他的作品，我有时容易接受他的观点，也常常提醒自己，在弄清其观点的背景之前，不要轻易赞同或者反对。我以前写过这样意思的文字："对罗森这样的大师来说，'诛作曲家之心'的结论是丰富的音乐经验和见识的自然聚焦。我们若直接拿来他的观点，毫无用处；但顺着他聚焦的方向去扩散自己的经验，也许可以获得真正的审美探险。"原文是在读了他论舒曼之后而写，因为有感于他对舒曼特点的阐发——某某特征是新奇还是欠缺？在我看来，端的看你如何画线了。线在何处并不重要，关键看论者对之的防御。论点强大，雄辩如布鲁姆的罗森，随时给我们出这样的题目。罗森的确有些自负，似乎不屑在引用、标注上多下功夫，而且有一些硬伤、笔误、语焉不详之处。但这相对于本书的光彩，实在是可以原谅的。跟阅读量惊人、深度也惊人的布鲁姆一样,罗森也令我叹息人生真不是公平的游戏,有人一日千里,我们在后面疲于奔命,根本不见前者踪影。罗森去世之后,有人感叹世上再无罗森,也有人举出几位仍在活跃的钢琴家加理论家,认为后继有人,可我不得不赞同悲观的前者。

很遗憾,我在这里很难引用书中的大量妙语,因为无论一般性结论,还是针对具体谱例的论述,都太容易脱水而死。但即便阅读整本书,细看了全部谱例,仍不确定自己是否读懂,因为读到的仍是冰山一角,背后海洋般的音乐积累仍不见踪影。我只敢盼望自己可以慢慢地从那一角不断地突破和扩大,这样说来,一本书可以伴随我全部的音乐生活了。

（部分引文参考杨燕迪先生译本）

阿克玛的管风琴与斯威林克点滴

一

　　关于历史管风琴的各种史料,一般不会漏掉北荷兰小城阿克玛(Alkmaar)的圣劳伦斯大教堂(St. Lawlence Church)中的两台老琴。其中一台始建于 1511 年,装在教堂的北墙上,简直像飞翔在半空,音管外两侧的小门一打开,如同一对翅膀。

　　管风琴的故事很难讲。有过激烈变故的场所,管风琴往往不存在了,幸存的琴,往往都躲在历史的边缘,寡淡得没有故事,琴台旁繁复的雕饰让它们显得更加死气沉沉,远离人间。好在,这台琴还可以演奏,声音大概是打通古今的唯一通道,它并不全是 16 世纪的声音,只保存了一些原始的音管和键盘传动装置。历史是不会苏醒的,但声音让世界轻轻流动起来。

　　Alkmaar: The Organs of the Laurenskerk 这张 DVD 上有这样的

镜头,琴平常闭合,每次打开它,要缓缓地用轮轴拉启。在这台琴上弹的声音,严格契合当时的合唱传统,柔和低沉。制琴者范·克夫兰斯(Jan van Covelens,十六世纪制琴家)是荷兰传统的奠基者之一,许多荷兰教堂的琴都出于他的手下。这个时代的琴,音管多为铅制,声音浑厚如歌(极适合荷兰作曲家斯威林克〔Jan Pieterszoon Sweelinck〕及当时类似风格的音乐),这跟日后管风琴明亮喧闹的声音截然不同。而日后铅管变为铅锡合金管 1,由之带来的明亮喧闹之声,正是史上最著名制琴家施尼特格(Arp Schnitger)的手笔,此为后话。当然,现存的老琴,没有未被翻修改造过的,其中做得好的是下真迹一等,不过时代不同,后人总会掺杂一些自以为是。跟古建筑一样,古管风琴的修复总是会招来许许多多的不满和遗憾。

　　17 世纪是荷兰著名的黄金时期,伦勃朗、维米尔、斯宾诺莎、伊拉斯谟等名人皆出于此时,文学、建筑、雕塑也都发达,音乐却不在其中,尤其没有管风琴的份额。圣劳伦斯大教堂原本是天主教堂,宗教改革之后成为新教中的加尔文教堂。教会一度禁用键盘乐器,只由牧师一字字带领大家唱赞美诗。昔日的管风琴家,渐渐不知所终,这种情况差不多持续了一百年,直到后来大家觉得没有乐器伴奏,实在太难唱,或许也是教堂的压制松弛了,才慢慢恢复管风琴的使用,尽管展现乐器本身的独奏会还是"太世俗",只有伴奏才是正途。管风琴在欧洲许多地区都进进出出,反反复复,这不奇怪,任何悠久之物都如此。不过

---

1 一般来说,锡比例越高,声音越明亮。铅共鸣较少,所以声音沉厚。锡遇冷易碎,所以锡量高的音管很难保存。现存的古管风琴往往铅管居多。

在我看来，这些简单的史实还颇有信息量：昔日管风琴的荣耀，不是"管风琴"本身带来的，而是因为它在教堂内的功能无法被取代。在过去的日子里，管风琴不仅是"乐器之王"，也几乎是教堂中唯一可用的键盘乐器、多声部乐器。

就这样，1639 年，管风琴声出现在教堂生活的记录之中，尽管还是以伴奏合唱为职。这时，仅仅那台北墙上的小小的范·克夫兰斯琴又不够了。此时，人们开始扩建教堂南面那台琴。范·黑格贝尔家族接替了这个教堂的制琴工程。新建的这台，有 31 个音栓，在当时是极大的规模，而且有 12、24 码音管。一般来说，现存的音管长度，从 1、2、4、8、16 码不等，32 码音管已经很少见，因为其中最低音大约为 16 赫兹[1]，人耳已不可分辨——但是，这种极低音的颤动感，也颇为动人。这样来说，12、24 码确实更少见，低音始于 F。大约因为不实用，它也很快消失在历史中了。

当时的教堂，跟现在的一些政府一样爱炫富。荷兰的两个名城——阿克玛和哈勒姆的教堂曾经长期是竞争对手。17 世纪，阿克玛赢了一场诉讼，哈勒姆不得不付给他们一大笔钱，阿克玛这台昂贵的好琴就是这么来的。虽然教堂是为了赞美主的荣耀，不过因为竞争，教堂里有了越来越好、越来越大的琴，最好的琴成为城市的标志。这在当时的欧洲很常见。琴的外观，一直尽奢华之能事，而且早期管风琴的制琴人，往往是木匠出身，木工是制琴的重要部分。17 世纪制

---

1 C 音的振幅大约是 2 的 N 次方，比如 C4 是 261 赫兹（接近 256）、C0 是 16 赫兹等。

造的这台,特别约请了当时荷兰的著名建筑师范·坎彭(Jacob van Campen),这在当时,就是下血本的节奏。琴的四周镶嵌着背上有翅膀的小天使,装饰的柱子有古希腊的爱奥尼风味,这从音管顶端那些涡形装饰就可以看出来。这是时风,也是范·坎彭本人的兴趣,今人也许不以为然,何况这类圆润而呆板的小天使未必跟信仰有关,跟富足之类的世俗概念倒更接近。种种耗尽心力的雕饰,倾诉的无非是一份心意。

1723年,琴由施尼特格(Frans Caspar Schnitger,施尼特格制琴家族第二代)重建——名为修葺,实则另起炉灶。在他的手下,琴变成了"德意志琴",有了脚键盘,直到今天都最适合演奏巴赫,还有一个有趣的事实:它是低地国家(荷兰、比利时和卢森堡等国)中的第一台平均律(mean-tone)管风琴。德意志造,又是少见的平均律,这两个事实就很让当地人恼火。不过,在施尼特格之后,他们还是雇了不少德意志制琴者,导致荷兰本土的制琴几乎凋零了。施尼特格的贡献很多,之一是用了些大大降低成本的技术。这台琴现在的名字是范·黑格贝尔(van Hagebeer-Schnitger)。

二

著名荷兰历史学家赫伊津哈(Johan Huizinga)一再提到荷兰文化中深入骨髓的中产阶级气质:宁静、爱清洁、不好战、享受小小的物质

31

奢华。英国历史学家西蒙·沙玛(Simon Schama)的名著《财富的窘境》写的则是荷兰黄金时代的艺术背景。一方面宗教感、约束感很强，一方面奢华的欲望也很强。文化的方方面面，奇怪地体现了荷兰人的细腻、节制和奢华的共存。这一点，在管风琴上也有体现——管风琴翻新的时候，旧管子尽量不丢掉，但外表的浮华，也不肯放弃。或许，但凡有人居住的所在，这样的两面性无所不在。

近来，我在图书馆里寻求当代人写作的英语荷兰历史，收获寥寥。后来造访美国波特兰的鲍威尔书城(Powell's City of Books)——号称北美最大，竟然也很难找到。最后在角落里发现了那小小的半层，跟挪威共占一层，而巴黎、伦敦、维也纳仅仅一个城市就占满一个书架。这不意味荷兰人不写历史，它只是淡出英语世界而已。荷兰，历史上有过激烈的征战和守卫，也曾经那么"黄金"和主流，而现在已经静静地守着自己的郁金香、田园和海岸了。

历史毕竟不会迅速死去。荷兰和德国同为古管风琴留存最多的国家，可是另一方面，荷兰本身的音乐并不发达，当时荷兰的礼拜音乐多为即兴，写下来的不多。在本土影响很大的音乐还是有的，主要是歌曲(如牧歌〔madrigal〕、尚松〔chanson〕、诗篇歌〔psalm〕等)。荷兰甚至没有过自己的显著的"巴洛克"时期，复调音乐从来没有很主流过。传世并享有国际声誉的荷兰作曲家唯有斯威林克，不知是否因为他碰巧成为一批北德意志音乐家的始祖之故。

《斯威林克》(Sweelinck)一书中说斯威林克的音乐体现当时典型的荷兰人气质，我很同意。在提到斯威林克为彼特拉克的诗歌

Madonna, con quest'occhi 所作的牧歌时，作者诺斯克（Frits Noske）还有个有趣的评价，"斯威林克为诗歌配写的音乐十分精致，但这种精致只有分析者和歌者才能领会。聆听者是领会不到这些妙处的，无论多么细心。这本来就是为歌者而非听众写作的音乐。它永远不会在我们的时代流行，但它是一首为崇高的诗歌所写的大师之作，也是斯威林克世俗声乐作品的巅峰"。

图为一些较典型的斯威林克键盘作品开头。

诺斯克还认为他的音乐并不亲切和个人化，也跟我的感受类似。他的键盘音乐，总是以方正的八分音符主题开始，一字一字吐得清楚，好像还未从歌唱中分离出来，虽然他写过很多托卡塔和变奏曲。这样的风格，可以说凝重醇厚，也可以说死板少变化。那些最迷人的幻想曲，尤其是"回声"幻想曲，各种装饰也还是比较简单温润的,跟古老管风琴的气息天然相得。他真的很遥远,不露声色也没有戏剧性,那种荒芜甚至让我敬畏,只有梦中才敢亲近,然而那静水流深的气质,让我常有所感。那些古荷兰的大教堂、大管风琴就是这个样子,冷冰冰、矜持、豪华——一方水土,一方音乐,这个静谧深沉的所在,大约就产出这样的声音。更让我有所感的是,我对斯威林克有一些兴趣和了解,但在几代之后的巴赫那里,我没有听到他的回响,他所直接影响到的人,已经隐没在历史中了。我喜欢在管风琴上弹他的作品(有些作品其实是为琉特琴或羽管键琴所写),因为他的风格如此特别,好像一座孤岛,左右不见模仿者。学者还是能清理出他的历史脉络的,可以找出他对后人影响的线索。不过对我而言,他的声音冻结在那里,也终止在那里。这样孤立的声音,这样沉寂的老琴,在现实世界中没有坐标,我却仍然一次次地回到这里,不曾忘记路途。

参考文献

1. *Alkmaar: The Organs of the Laurenskerk*, DVD by Fugue State Film.

2. *Sweelinck* (Oxford Studies of Composers), 1988.

3. *Nederland's beschaving in de zeventiende eeuw* (1941). Translated by Arnold Pomerans as Dutch civilisation in the seventeenth century (1968).

4. *The Embarrassment of Riches: An interpretation of Dutch culture in the Golden Age*, Simon Schama, 1987.

5. *The European Organ 1450 – 1850*, Peter Williams, 1978.

6. http://mypipeorganhobby. blogspot. ca/2009/03/alkmaar-holland-stlaurenskerk-hagebeer. html

7. http://www. alkmaarorgelstad. nl/en/orgels-en/van-hagerbeer-schnitgerorgan

管风琴杂记——一家之言

一 前世今生？

"我的学生中，哪怕是最适合弹管风琴的，我都劝他们同时学点别的，以资谋生。为什么？谁都知道我们这个时代是什么样。"这是我在加拿大的一本管风琴杂志上读到的，一位老管风琴家的话。

这其实不奇怪。据我所知，不仅多数北美管风琴家收入寒微，那些在欧洲大教堂任职的名家，除了"受尊敬""演奏古老乐器的特权"这样的遗产，几乎两袖清风。管风琴界到底怎么了，所谓的"乐器之王"落到这种田地？

管风琴的历史，和基督教的历史类似，复杂且因国而异，不过，也不一定总和基督教的历史捆绑在一起。其实，它早先并不是教堂乐器，倒是被教堂排斥的。关于管风琴最早的记载始于公元前 3 世纪的古希腊，到中世纪时的使用记载，基本是世俗场合。它从西欧消失了几百年,15世纪后才开始渐渐发展到"管风琴"的样子,并且就此定居欧洲。这都不是必然的,而是一些历史的机缘。它曾经是地位和享乐的象征,并非因为它是"管风琴",而是它能发出最有威力、最多样的声音,时人并无其他选择。

至于管风琴的宗教性,是文化、历史后天形成的现象。它回到西欧就再也没消失过,因为君王、主教的喜欢,成了大部分基督教堂、少数犹太会所的乐器。管风琴和教堂的"婚姻"如此完美,以后想拆开都难。19世纪之前的欧洲音乐家,多数都在教堂任职过,工作起码要包括伴奏合唱。此外,19世纪的工业革命,带来了钢琴的不断进化,管风琴也试图紧跟时代(革新和扩展是有,比如法国著名制琴家卡瓦耶-科尔〔Aristide cavaillé-Coll〕对音栓、键盘的改变,20世纪美国的电磁传动斯金纳〔skinner〕式琴),几乎能模仿管弦乐团,并且进入了音乐厅,甚至在某些时期成了音乐厅必备之物,但使用频率、公众普及程度远远不如钢琴。真正常用的,仍然是那些教堂中的旧琴,它们跟羽管键琴一起,随教堂的慢慢衰落不断失去领土。音量大、音色多、地位尊贵是它独有的特点,但它最大的先天毛病——无强弱动态,成了钢琴对比之下的致命伤。更糟糕的是,电声乐器的出现,让管风琴之"音量大""音色多"也不再成为优势,倒是它的娇贵和庞大,给商业社会中的音乐经营造成了足够的麻烦。

笔者所见的北美音乐厅,不少已不再拥有管风琴,偶尔需要的时候,用一台可移动的"微缩版"代替。除了合唱和极少数管弦乐场合,管风琴跟单个乐器的合作,常见的是音量变化范围较大的铜管乐器,比如小号、法国号等等；与木管合作，不是不可以，但管风琴要压低音量，可用的音栓就有限了。

二　当管风琴遇见钢琴

　　由键盘制动杠杆，音管在打开/闭合中决定发声与否，管风琴没有击键力度的区分，尽管可以通过选用音栓来变化音色和音量，但不可能有几个音之内的精确控制。在个性和浪漫大行其道的 19 世纪欧洲，管风琴的衰落似乎不可避免。自李斯特开始，钢琴演奏不断专业化，自成职业，演奏家成了个人英雄，演奏的高要求愈演愈烈。管风琴也受到一些影响，但总的来说，它还是安然在教堂、教区里，躲过了舞台化、炫技化以及音乐的抽象化。礼拜之外的场合，也有管风琴的身影，这就是一些宫廷舞蹈的伴奏，而它同样体现着自然的呼吸而非极端的炫技，无法成为舞台的主角。

　　至于演奏比赛这种现代病，现代管风琴界当然也有，但相当多的管风琴比赛都有一项"赞美诗视奏"，这在钢琴比赛中是不可想象的。钢琴比赛，大家弹什么？贝多芬、肖邦这种"主流"是不会少，仔细看看，还是 19 世纪之后的作品较多，因为它们起码是理直气壮的，为钢琴而写的作品，也因为，它们和现代生活毕竟有着更紧密的联系。而管风琴音乐会上，巴洛克音乐、复调作品是家常便饭，20 世纪后的作品出镜率似乎也高于钢琴中的现代作品，笔者个人认为是因为管风琴作品中主流、经典的观念略弱，所以曲目也不那么集中。这只是猜测，是否科学，有赖于数字统计。

有一点让人意外的发现是，别看管风琴的历史这么长，关于管风琴的训练法书籍，竟然比钢琴少多了。原因也许不难找：管风琴的黄金时期是十七、十八世纪，那个时代，写书并不是音乐心得的自然选择，作曲才是。所以你见到巴赫为了教小孩写了一本本曲子，但他并没有写过《管风琴演奏法》之类的教学大纲，儿子 C. P. E 巴赫的键盘理论书，其实更像是音乐语法标本的总结，而非 20 世纪种种《钢琴演奏技巧》那样的系统理论、训练大全。

书籍文献的不同，也有那么一定的偶然性。目前的主流 19 世纪前管风琴音乐，主要是荷兰、德语区、法国、意大利、西班牙、英国、匈牙利、波兰、捷克、葡萄牙的产物。而俄国的东正教传统不需要管风琴，这个音乐大国在历史上就很少参与到管风琴音乐的创作和演奏。假设俄国人对管风琴有类似西欧的重视——这个民族能量惊人，不惜力气，不怕用最苦的办法训练小朋友——那么管风琴演奏恐怕跟现在的样子很不同。总之，两种乐器的区别体现"文化时间差"，也造成一些客观的差异。管风琴上既然没有那么多的训练大全，基本也可以断定管风琴演奏本身的丰富性、技术性远低于钢琴，尽管脚键盘对身体的协调性要求不低。管风琴上容纳和鼓励的个性，实在很有限。钢琴上纷繁的演奏流派、活灵活现的个人气质，在管风琴上几乎从未出现过。当然，网上视频盛行之后，有炫技能手的双脚《野蜂飞舞》大受追捧，但那与其说是音乐，不如说是舞蹈。

不过，"无个性"并不代表"无复杂性"。因为管风琴文献中充斥复调音乐，对赋格、对位的要求很高，又因为音乐语气主要依赖分句，所以各种气口的精确区分，也有相当的挑战。种种训练、学习的方式，都指向声部的独立和稳定。为此，有人练习弹奏三个声部，嘴里哼唱缺省声部，如此轮换，以求透彻地掌握全部声部。这种训练，不像钢琴练习那么充斥手指机能的挣扎和推进，更多是精神和思维的掌控。又因管风琴彼此配置大异，在不同的琴上因地制宜，为音乐选择合适的音栓（也就是配器），也是一个不小的挑战。琴键之外，管风琴家总不得不在历史信息上花一些时间，不少音乐学家甚至古乐指挥，都由管风琴家蜕变而来。

从发声特点来说，钢琴和管风琴，毕竟一是打击乐器，一是"管乐器"：前者长于颗粒性，求连贯、求歌唱成为挑战；后者天然连贯，在适当的时候停顿则成为音乐语气的必要，在巴洛克音乐中，更是基本手段之一。两者的本能和"反本能"，纠结得让人几乎忘了到底哪个是"本能"——钢琴因为不连贯，出现了大量"用颗粒启发连贯"的手法，比如随处可见的经过句。管风琴中的巴洛克音乐强调断句，浪漫派之后则有滥用长句的趋势，好在音栓越来越多，可以改变音色来断句。而管风琴因为天然地泛音丰富，八度进行基本不需要，何况钢琴上体育健将的放肆炫技，对管风琴家来说也太出格了些。毕竟，管风琴家的文化基因还是跟教堂里的谦卑气氛相关，一向被鼓励"不可见"。

那么，让管风琴克服无强弱的问题，让它兼有钢琴和管风琴的特点，可不可以？笔者个人认为，技术上未必不可行。但，乐器本身也是历史和文化产物。现代人往往一人做一件事，各种职能分得清清楚楚，而让一人兼手兼脚（所谓踏板钢琴），上下同时求精，恐怕作曲家也觉得没必要。如今，要追求丰富，不如用电声；要追求细腻，不如用重奏。所以，踏板钢琴之类的乐器从来没有流行过。

钢琴和管风琴文献的不同，加上两者技术侧重的区别，自然造成两类音乐家的职业生涯区别。谁都知道 20 世纪是演奏和作曲严重分离的时代，在钢琴、小提琴这种技术无底洞上体现尤烈，而管风琴虽也受影响，但因演奏者属于教区，除了弹琴，伴奏合唱、配和声、指挥都是职责的一部分，所以大部分演奏者对即兴演奏和编曲都不陌生。结果就是，钢琴家受种种约束，最后只能变着花样演奏经典来表达自我；管风琴的风气略松弛，尚存一部分用自己作品表达自我的古风。作曲之外，你常听说某管风琴家也弹羽管键琴，甚至指挥合唱、古乐团、研究音乐史，某些人侧重指挥之后，仍不难维持管风琴上的演奏状态。而钢琴家兼任其他的就少得多，即便客串指挥，也往往是相关的协奏曲、交响曲。但是，现代人更推崇 ego，对私密感的共鸣远多于对宗教感的共鸣，而管风琴家的形象，是空旷教堂中的渺小身影。圈内一些略有名气之人，很难被外行知晓，所以，我也鼓励一般的听众，不要过度在意管风琴家的名声，因为圈内人彼此不知晓的情况，也不少见。

这样说来，一类人自小脱离社会拼命练琴，强度和劳动量近于运动员，手指技术登峰造极，业内竞争白热化、体制化，有种种可见的荣耀不断奖励其中的胜者，作曲却都推给两百年前的先贤；另一类人疏懒得多，但音乐素质全面，可自作自弹，手指技术弱，无耀眼荣誉，所谓知名度即是会众之内的口口相传。两相对比，到底是谁"不正常"？不同的时代，大概会给出不同的结论。

三　荣耀归于谁

　　制琴，是管风琴历史上的重要话题，如果说"最重要"也不为过。从发音角度讲，管风琴应该算用料很不经济环保的。理论上说，音管短则几十厘米，长可达 32 码（近 10 米），但一般教堂没有这样的空间，所以最长管为 16 码，但上端封闭，改变了声波的形态，能获得接近 32 码管子形成的音高（由于管子封闭，音色也会改变）。而这 16 码音管，是脚键盘所用，传统上是赞美诗演奏必备。你瞧，单是这些管子，就得用多少铅、锡、锌和木头——一般排在外面，直接面对观众的管子，还要用铜材以求美观。

　　因为以管发声，演奏者操纵键盘，经过一系列杠杆运动或者电磁传动，音管或开或闭，决定发声与否。现在看来，笛簧、手风琴类乐器，也有键盘并鼓风，但键盘很长、鼓风和键盘完全分开、发声间接、离身体如此之远的乐器，非管风琴莫属。本来跟人声同为风鸣乐器，但发声的过程却如此机械和间接，跟吉他、小提琴等乐器相比，好像来自不同的星球。它的音高、音色、泛音的性质来自对材料合金比例、管径、长度、管嘴形状、锥度等因素的精确计算，本身就是欧洲工程文明的一种体现。管风琴文化中渗透的理性、控制和空间感，是值得社会学家好好研究的。

因天生的劳民伤财,这也是一种很社会、很政治的乐器。毕竟,它跟教堂一样,需要一个教区倾尽财力约请制琴家,又要在漫长的制作周期中等待;在某些时段,会众的意志和选择占上风,在另外一些场合,则是偶然的富人赞助改变了历史。至于制琴流派的发展,是可以写几本书的,它不仅包括音乐和工程,也包括欧美的社会激变和移民浪潮。曾经,德语区之内的南部、中西部、中北部都泾渭分明。

现代管风琴演奏者,大多是从钢琴起步,获得基本的手指技能,最早也是十几岁后选择管风琴的,因为它本身没有"少儿版",儿童不可能从一开始就学习脚键盘,而在正统德意志管风琴系统中,脚键盘至关重要。16世纪左右,脚键盘就在德意志的琴上出现了,但在西班牙、意大利用得极稀少,一般只有几个键,真正的用处也就是弹几个长音。发展成独立键盘,演奏独立声部,这是典型德国人所为。

管风琴在德国有几个格外兴盛的时期,比较靠近现代的一次,居然是希特勒时期(见本书《巴赫之足》一文)。另一个平行世界里,管风琴在北美也有过小小的热闹,这是在20世纪的30年代之前,得一些富人的兴趣之助,美国各大学都装了管风琴,许多剧院也有,音乐厅更不可缺少。这个时代,美国人在制琴上的创新也可圈可点,便于电控传声的斯金纳式琴到今天还在应用。当然这个管风琴风潮也是美国式的,追求宏大、喧闹、方便、多功能并且好玩,有时跟审美、炫富或者一些中产阶级趣味相连。20 世纪中期,管风琴在美国和加拿大最深入人心的场所,是溜冰场和上演默片的剧院。剧院管风琴(cinema organ)主要是 Wurlitzer 公司制造的(他们出产了两千台),音栓把手通通变成键盘一样的小按钮,摆成一圈。音栓囊括了许多打击乐器的声音,还有一些在别处见不到的"土产"音栓。

再往后,电子管风琴、数字管风琴越来越多,也越来越好。纪录片《古多尔的管风琴》(*Howard Goodall's Organ Works*, 1997)中,音乐家古多尔(Howard Goodall)让一批音乐学生"盲试"真正的管风琴和数字管风琴——无音管,用音箱发声的琴,对错居然各占一半。作为一个对管风琴声比较熟悉的人,我可以分辨出片中两台琴的"真伪",但不得不说这也因情况而异,有些数字琴已经可以乱真了。但是,管风琴音管之下那种真实的振动感,仍然很难被取代。

上文提到"管风琴与钢琴"。其实,纵向地看,乐器和音乐的互动是另一种味道的历史。据"新格罗夫系列"中的《管风琴》一书说,管风琴本身和音乐有时齐头并进,有时互相追赶(中间有时间差,从而有了意图与实现的脱节)。比如 19 世纪最著名的法国制琴家卡瓦耶-科尔的新型交响风格的管风琴催生了弗朗克的作品(弗朗克本人钢琴能力卓绝,管风琴技术并不超群),而李斯特等人的管风琴作品,显然走在乐器前面,如果在他那个时代的琴上弹,很可能惨不忍听。这样的例子,在钢琴历史上也不难找。

近年来,管风琴已经不是音乐厅的必备,它已经不再是"乐器之王"了——虽然这顶帽子还在。如今的管风琴家,可能和巴赫时代类似,管风琴家爬上楼梯,到那么一个高高在上的地方去弹琴,人形小得看不清(甚至整个躲在音管背后),无法满足观众的崇拜需要。而管风琴在巨大空间里发声这种体验,跟 3D 电影给人带来的冲击,已经不可比拟了——尽管在当时的时代,大教堂里的大管风琴,对时人可能还真有 iMax 的效果。这种演奏方式以及它背后的文化,跟当今社会早已格格不入。但是,当今管风琴的学习、制造和维护,并不比彼时容易,这样一来,肯为它投资生命的人恐怕是越来越少了。不过,如今我还是会偶尔撞见这样的音乐会——演奏家青春年少,在管风琴上却稳健圆熟,技术几乎与生俱来,一切都那么理所应当。或许这只是小概率事件,或许我不知道这背后藏着多少孤独,但毕竟还有人在那里。其实我常常想,管风琴的趣味和空间,实在太有意思,每一次去认真追寻,无论在现实生活中去拜访新落成的琴,还是读到历史书籍,都觉得深不可测,甚至自己的生活也被照耀出一点小小的光彩。当然,现实是管风琴已经很难作为谋生的职业了,它对现代生活的影响,只能触及一小部分人。幸运的是,我们的社会也是有史以来最多样的社会,你搞不清什么样的狭窄需求,会留存一个领域,甚至一个领域趋于"最小化"的时候,仍有大量现场遗迹细致存档。我感到忧虑的,主要还不是从业者的寒微,而是当那些历史建筑、历史乐器,需要巨大修缮经费的时候,还会不断获得支持吗? 乐观地看,没有任何历史信息会被完全地抹去,它总是在一代代人中重现,至于重现的形式,或许出乎我们的意料。

参考文献

1. *Bach's Feet: The Organ Pedals in European Culture* (Hardcover), David Yearsley, 2012.

2. *The European Organ 1450 – 1850* (Hardcover), Peter Williams, 1966.

3. *The New Grove Musical Instruments Series: The Organ*, Peter Williams and Barbara Owen, 1988.

巴赫之足

一

一般来说，但凡有关于管风琴的新英语资料出来，我都会留意一下。最近数年没见到太有趣味的读物。通常，关于管风琴的书籍，可以跟宗教历史、乐器历史和音乐分析靠拢，也可以成为巴赫研究的有力论题，可是真正有历史感、能让人代入生活的资料，乏善可陈。而管风琴的历史，本该是多么丰富有趣的东西——你想，这个昂贵娇气的家伙曾经紧密地镶嵌在教会、政治和社会财富之中，有多少"人"的信息。在英语世界的管风琴书籍中，威廉姆斯（Peter Williams）的著作是最重要的，几乎涉及管风琴文献的所有方面，但他显然并没打算融会贯通，让笔下的乐器活起来。以我所见，管风琴家是个奇怪的沉默的群体——这或许是因为管风琴这件乐器本身的边缘化所致。我们的音乐生活中，不大听得到他们的声音——他们不露面、不写书、不吵架、不恶搞,天知道他们每天在干什么。

这样的情况下,伊尔斯利(David Yearsley)的新书《巴赫之足》(*Bach's Feet: The Organ Pedals in European Culture*,2012)就算非常难得了,甚至可以算是巴赫和管风琴历史领域一个小小的震动。伊尔斯利是康奈尔大学管风琴教授,出过好几张演奏唱片,也是个音乐学家,另一本著作《巴赫与对位的涵义》(*Bach and the Meanings of Counterpoint*,2008)也小有名气。

此书讲的是和管风琴脚键盘相关的音乐和历史话题,也许是唯一以"脚键盘"为题的著作。话说管风琴上和脚键盘相对应的音管,往往是整个琴最引人注目的部分,因为那往往是琴上最长的音管(通常16英尺),所以兀立在琴的正前方。按不少传统管风琴的造型,这最长的管子,往往呈现塔的形状,把较短的手键盘音管夹在中间。而脚键盘,与之相关的文字介绍很少,因为脚的运动,真不容易映射到文字里。管风琴恐怕是唯一以双脚平行运动为中心的乐器,所以除非你自己弹管风琴,"脚上的音乐"从来不是生活经验的一部分。在管风琴上,脚也远不如手聪明,它的触键只有左右脚尖、脚跟这四种方式,多数时候弹奏较长的时值。因为笨拙,因为脚上的音乐是独立的部分,更因为主要精力还在手上,脚的操作其实是管风琴演奏中最难的部分之一,几乎所有的演奏者都经历过双脚单独练习、脚和左手、脚和右手分别练习,一个一个音抠过之后再合到一起的痛苦历程。而这个痛苦的"根源"在哪儿?

此书告诉我们,管风琴上丰富的脚键盘音乐,源于德国,而脚上难度的变本加厉，也和德国人追求复杂和智性的特点相关。他们以管风琴上的脚的音乐为自豪，也相信这是他们对管风琴文献的独特贡献。

管风琴这个乐器，从公元3世纪就有记载，中间的演化、流变很多，又经历过从消失到重现的传奇，很难讲到底是谁"发明""改进"了它，谁最先造出了脚键盘。1470年左右，日耳曼僧侣伯恩哈德（Bernhard）是改进管风琴脚键盘的一个里程碑式的人物，他手脚并用的绝技，也有目击者的记载。不少后人都认定，此人就是"德国管风琴"的开宗立派之人。而直到16世纪，英国、意大利的脚键盘还极为简陋。作者说，直到17世纪的乔治·穆法特（Georg Muffat），据说其作品难度很高，但也并没有脚键盘，"这对布鲁恩斯（Nicolaus Bruhns）、布克斯特胡德（Dieterich Buxtehude）等人来说，简直可以坐下来就弹"。伯恩哈德此人却是个谜，几乎无人知道他的生平故事。16世纪的盲人制琴家施利克（Arnold Schlick）则留下了管风琴上的对位作品，他对"理想管风琴"的形态的描述，几乎就是现代管风琴的样子：两个手键盘，一个脚键盘，各自有独立的音栓。此外，"盲管风琴家"也是本书话题之一，我读到此书，才发现许多早期管风琴名家都是盲人，除了施利克，还有波曼（Conrad Paumann）、卡比松（Antonio de Cabezon）等。施利克尤其不一般，不仅作曲、弹琴，还留下有史以来最早的制琴著作——《管风琴演奏和制造家之鉴》（*Spiegel der Orgelmacher und Organisten*）。施利克，这个鲁班似的手艺人，应该不乏故事，惜传世极少，而先人中的奇事伟业，就这样常常随风逝去。

二

　　书中有大量篇幅,细谈具体的作品。总的来说,管风琴上写给脚键盘的音乐,从德意志的布克斯特胡德开始,在巴赫这里发展到极致。而作曲总是和乐器制造相关,比如书中谈到,巴赫的《舒伯勒众赞歌》(*Schübler Chorales*,BWV 645-650)中不止一首,脚键盘上用到四码音栓,这在当时只有德国管风琴能达到。而脚键盘的难度,在布克斯特胡德这里已经相当惊人,比如双脚有八度的跨度,也常常出现十六分音符等,而在巴赫各种 trio(三声部奏鸣曲)中发挥到极致。不仅速度快、复杂、有颤音,脚键盘上还不乏这样的段落:音高较低,本来适合左脚弹,但为了下一个音的连接,要么右脚要越界去弹低音,要么左脚踩住之后迅速切换到右脚,这样一来,维持身体的重心都成了挑战。敬业的演奏者,应该严格追随音乐的要求,而不是为了自己的方便,打断句子。

　　也许,北德意志的复杂的脚键盘音乐背后,是一种对技术和智性的迷恋。而在南德意志,管风琴作品的风格颇为不同。典型如帕赫贝尔(Johann Pachelbel),往往脚上只用一个长音来烘托气氛。如果我们相信帕赫贝尔留存的作品能代表他的主要特点的话,他的管风琴音乐只是刻板的练习而已。18 世纪的英国音乐史家伯尼(Charles Burney)批评亨德尔的管风琴作品太缺少脚的声音。手脚并用的音乐中,最好的一类总是让脚参与到音乐中的,脚上的声音不是噱头,而处处体现必然。

在《走向完美:脚键盘独奏和套曲》这一章中,作者写道,当年门德尔松连续八天苦练巴赫的管风琴曲,为的是开音乐会,给一座巴赫纪念碑募款。他给妈妈写信,说自己在街上走路,也好像趟过巴赫的音乐——走路,难道真是巴赫音乐中的隐喻?巴赫双脚在键盘上行路,而他生活中也有过几次著名的跋涉,比如去拜见波姆、莱因肯和布克斯特胡德。作者提到,手艺人远行求艺,在当时颇为常见,而普通人接待陌生旅者食宿,也是当时的文化所赞许的,年轻、饥饿的巴赫就这样依靠陌生人的好意走过一站又一站。旅人巴赫,其音乐偏巧也和"行者"相关,那些脚上的音乐练习,就这样既日常又无尽,既从容又坚定。它多数时候还是自然和缓的,但能量很集中,需要强大的心智和控制力。弹管风琴的人都知道,哪个音用哪只脚,脚尖还是脚跟,一般都要在谱上标出来,比指法还重要——双脚离大脑最远,但要格外清楚地知道目的地。学会一首曲子,不知脚下行路几里。

此外,管风琴上的脚键盘声部,形态往往有自己的特色,听者最好对之有一定的了解,才能充分领略演奏的特点和乐趣。比如布克斯特胡德和巴赫,脚上的线条往往有清晰的停顿,有一定的负重感,休止的方式也有自己的套路。其中的低音(ostinato),自然是脚键盘的拿手好戏——《帕萨卡利亚》(*Passacaglia and Fugue in C minor*,BWV 582)就是最好的例子之一。作者说,这部作品,说不定构思于巴赫从吕贝克拜访布克斯特胡德之后;而巴赫在那条近三百英里长的取经途中,或许惦记着用音乐来排遣吧。还有 BWV681（题为 *Wir glauben all'an einen Gott*——我们相信唯一的主），手上是变化繁复、不断转调的句子，而脚上的低音一直是步伐稳健的八分音符，"这真是管风琴上的行者的音乐"。而 BWV531 的开头则是九小节长的脚键盘独奏（基本都是琶音），赋格的主题就这样宣读出来。

在笔者看来，管风琴上的脚键盘，或许算是一种偶然。而即使没有脚键盘，管风琴仍然是长久的乐器，我们拥有不少法国、意大利、西班牙等文化中不需脚键盘的杰作（再早一些的管风琴家，荷兰人斯威林克任职的阿姆斯特丹教堂，脚键盘只有两个音栓）。但奇妙的、独一无二的脚键盘，渐渐成了管风琴的显著特征之一，它犹如宣叙调那般清晰朗读，给音乐增添了厚重感和戏剧性，而它又是低沉的，天然有着压抑、克制之态。而跟它紧密联系的赋格，尤其是巴赫的赋格，也牢牢镶嵌在管风琴文化中。本书作者提到，18 世纪的德意志，在音乐上还被认为远逊于意大利和法国，只有向人家取经的份，但大家都承认在管风琴上（包括音乐和制琴），德意志远超其他欧洲国家，所以几百年来，德语区的管风琴音乐就承载了不少"民族荣誉感"。而德意志人对德国管风琴的自豪，竟然在希特勒时代成为种族狂热的一部分，此为另话。

书的最后一章，就名为"巴赫之足"，居然挖出了关于"巴赫之鞋"的资料。和"脚"一样，"鞋"在音乐中的作用，文献记载也很少，不过也有人讲过琴鞋的规格，比如后跟的适当高度。总的来说，管风琴家的鞋子要有一定硬度，但不能太硬，因为脚有时会沿琴键滑动（比如一只脚从另一只脚后穿过的时候,前面的脚有时要往前滑一点)。巴赫时代,琴鞋是皮革制成的,相当耐磨,也可供走泥地时用。巴赫去世后,遗产清单包括"衣物"一项,其中有一柄佩剑,还有一双带着银扣的鞋,很可能就是巴赫为国王、王子弹琴时用的"演奏鞋"。17 世纪,皮鞋侧面的扣是很重要的装饰,而对管风琴家来说,双脚跑动的时候,鞋上闪闪发光的装饰也颇有锦上添花的视觉效果。作者认为这双鞋上的银扣,说明巴赫当时已经拥有一个比较舒适的生活条件和地位。时人所用的鞋,还有比这个更奢侈的,不仅有贵重装饰,鞋跟还是红色的,只有贵族才能穿。

　　而巴赫本人的演奏,让同行们惊为天人——尤其是脚上的表演,"脚上仿佛有翅膀。""腓特烈王储有一次在巴赫脚上的音乐消失后,当场把自己手上的一枚戒指脱下来送给巴赫。""如果巴赫用双脚就能挣得这一份礼物,用上双手的话该会是什么样?"跟今人一样,巴赫时代的人被他在琴键上飞快的跑动吸引,不知道巴赫真正的价值是那些留存下来的东西,也不知道键盘上的体育健将在未来的日子里多如辰星。对此我的读后感是,历史不断告诉我们,人就是人,古人和今人,感官的基本功能未变,变的只是不同文化下的"应激训练"。古人和今人一样乐于被音乐表演中"好看"的那部分吸引,而今人的社会里,五花八门的好看东西更多,而那种在遥远的管风琴台上,管风琴家手脚飞奔的杂耍,早不算什么了,更何况今人对直接交流的要求更高,管风琴这种远离生活经验的高高在上之物,已经失去了土壤。但今人保护文献的能力远强于古人,所以巴赫的作品留了下来,供一代代人用他们可能的方式,不断重现。

管风琴在德国有几个格外兴盛的时期,比较靠近现代的一次,居然是希特勒时期。那个时候,"爱国"是最重要的事情,许多传统文化都打着"德国"的旗号复活。音乐学家弗罗彻(Gotthold Frotscher)是个国家社会党人,在宣传喉舌中任职。他大力鼓吹"纯洁的德国管风琴",并且把管风琴置于纳粹的宣传机器中,成了纳粹各种仪式庆典中最重要的乐器,还出现在各种招贴画上——最著名的招贴画是,一只鹰(象征德国)的身体由管风琴的管子组成。为了 1936 年的柏林奥运会,管风琴公司 Walcker 制造了一台两百个音栓的巨大管风琴。希特勒的御用建筑师斯佩尔(Albert Speer)设计的"光之教堂"庆典中,巴赫时代的齐尔伯曼管风琴和焰火同时出现,展示着"超然"的力量。

原来,巴赫和管风琴,虽然不像瓦格纳那么疯狂,但也因为其德国文化性和巨大的感染力,被纳粹所用。德国人对脚键盘和脚上技术都格外引以为荣。弗罗彻说过,"德国管风琴绝不允许任何时尚、炫技、多愁善感和虚伪"。"德国管风琴是雄健、纯净的。它应该体现这个社会的理想。"我读到这里小有所悟,怪不得不少大音乐家对古乐运动颇为不屑,而且身为犹太人的巴伦博伊姆(Daniel Barenboim)格外反感"纯粹"的说法。音乐的处理、乐器的选择,本来和政治无涉,但所谓"纯粹""纯洁"的观念,确实曾经和"不宽容""暴政"有着可疑的联系。音乐和乐器,有时也会敏感地触动到社会的神经,大约是因为音乐在文化中根深蒂固,谁也不能全脱干系吧。作者说,"我相信纳粹的丑恶历史不会污染伟大的管风琴艺术,但我不得不承认管风琴曾经是纳粹

54

帝国中'凝聚力'的一部分……管风琴文化在德国体现了艺术可以被权力利用,粉饰他们的理想"。连巴赫的早期传记家福柯尔都说过,巴赫高超的脚键盘技术是"德国英雄"的象征,不仅是音乐上的,而且也是"凝聚人民"意义上的。

撇开政治不谈——二战之后,管风琴承载的政治意义应该不会那么反常了。时光流转,管风琴家的工作还是差不多,管风琴家对琴的感知也还差不多——弹琴的人,因为身处琴台附近,自身无法确切了解建筑中的琴声效果,所以配音栓的时候,往往要请人在音乐厅或者教堂的中后部走动,试验。还有一些时候,因为声音的延迟,管风琴家的视觉和听觉不同步,这时只能眼睛死死盯住键盘,暂时放弃追随声音。这种情况下的琴,如果演奏大段快速的段落,实在是对管风琴家的灾难。巴赫的时代也是如此,只是"酷炫"的效果可能更强烈。当然,闪着银光的鞋扣在笔者眼里是有点滑稽了,哪怕巴赫就这么装点他的鞋。一双脚,打动我的还是那雄健稳定、吟啸自如的琴声和行路之态——双脚行路,人在旅途。

管风琴上的弗朗克

又开始在管风琴上弹法国浪漫派作曲家弗朗克（Caeser Franck）的《前奏曲，赋格和变奏》，突然想起以前自己写过这么一句，"所谓的高雅艺术，不骄傲，不高贵，不冷漠，它来自生活中最艰难的坚持，最诚恳的关怀。而那些最细致的手艺，背后都是卑微的生活"。我的天，那不正是过去弹弗朗克的时候写出来的吗。几年前的一天，我在教堂里练琴，天气不错，直到傍晚都很亮，光一块块地从教堂的彩色玻璃里泼进来，而管风琴上的增音音箱开开合合，声音的波动也好比光线进出。音乐柔美，但枯燥的增音踏板开合练习让我厌烦得发疯。这样的时刻不仅仅是卑微，而是恒久的折磨。老师走过来对我说，"时间到了，我们要用琴，你回去吧。"我不知不觉停下来。此刻音乐未冷，阳光还在，而教堂里气场突变，安宁之际生出阴森之感。音乐就是这样，会打开生活中最触手可及的意象，而此时，弗朗克的余温和当时的情景合作成一幅特别的画面，竟然直通"消失"和"死亡"——那是四川大地震的日子,中国人日日听到殒命和逃生的消息。高雅艺术的背景里就这样密布着痛苦,或者说,任何有历史的精深之物都有受难的印迹,它总是有效地吸收各种哀感。高雅和卑微的共存并非我的发明,它们是硬币的两面。

不管我弹不弹弗朗克,他总是一种背景。我弹奏巴洛克作品偏多,对浪漫派要经过努力才能适应,但一直偏爱弗朗克。相当长的一段时间,我在周末晚上给自己举行一场盛宴,就是听一张完整的弗朗克管风琴唱片。

而这位大人之"不好说话",弹了才知,他的难处往往还不仅仅是音乐,还包括操作增音踏板。在管风琴上,双脚掌管脚键盘,但浪漫派作品往往需要另一两个琴中央的踏板(形状似钢琴踏板)来改变音量,也就是说,脚除了弹脚键盘,还要常常抽出来推动踏板,要保证两者都不耽误,就得小心安排脚法,左右脚相接,偷空的时候赶紧去踩踏板。就拿弗朗克这首《前奏曲、赋格和变奏》来说,踏板用得很疯狂,往往强弱在半小节之内,而因为浪漫派本身的歌唱性风格,脚键盘上的演奏要保持连贯,所以键盘和踏板之间的安排,简直是头疼的棋局,有时不可能按标记做到,因为只有两只脚。踏板为何写得这么诡异?老师是这么说的,弗朗克的很多管风琴作品,都是为自己的琴写的,而他的琴,踏板在一旁,自己根本不可能踩到,正式弹的时候有助手帮忙,所以写起来毫无顾忌。可苦了我们这些后人。而老师是个较真的人,她眼里的原则一旦确定,就要处处清晰地实施,不惜代价。就这样,我不得不把指法全部改掉,为了增音踏板运动的连贯和圆熟。这样的自我否定相当痛苦，如果我不是已经尝遍各种苦恼，终于勇敢到不怕改变，也许早已却步。

当然，音乐并不是一味向人索取勇敢。音乐的美妙，以及人和音乐的共历，总能给人足够回报。弗朗克虽然常常吸收民歌旋律，但他的宗教感非常明显，而管风琴正适合代入崇高感，它可以崇高得浪漫，崇高得亲切。旋律这么大，这么平，这么开阔，如果不换键盘、变音栓的话，仅有的一点波澜，就是由增音音箱造出来的。那些不停顿的三连音、十六分音符在风里细细地摩擦，在我的幻觉中，连风都变暖了。浪漫时代的音乐，虽然复调不是主流，但写一点复调还是技艺的必须。不过，巴赫的赋格中充满的是坚硬短小的句子，而弗朗克则稀释、软化了很多，几条广远的旋律交错着轻轻奔跑，天上地下彼此无涉。增音踏板不时插入，声音强强弱弱，有闪烁之感。我每次认真听的时候都感叹：这音乐真是光的艺术。而细致的调色，对琴的要求也不凡。他的不少作品，中间频繁换音色，所以一个独奏者身边有两个助手伺候都不奇怪——至少需一个翻谱，一个拉音栓。

因为弗朗克的年代离我们不太远，关于他的鸡毛蒜皮我们知道不少。传记提到他年轻时学音乐全靠父亲资助，但因为后来选择的妻子不合父母心意，他一怒之下跟父母断绝了关系，并且赌气要把学费都还给父亲，所以辛辛苦苦打工，教所有能教的学生，到处给教堂填补空缺，努力养家。那时他最崇拜的是李斯特，视为第二个父亲。那些李斯特亲临的音乐会并且赞许的作品，是他生活里最大的成就。

19世纪中叶的法国，正好出了一个制琴天才卡瓦耶-科尔，此人

58

和弗朗克互相启发，既造就了他的琴，也给弗朗克带来种种作曲的新可能。弗朗克的作曲事业并不顺利，名声来得极慢，但他一直是个管风琴师，而且正好是新建成的圣克罗蒂德圣殿的主琴师——因为教堂是新的，才获得了卡瓦耶-科尔的琴。他在这个位置上做到去世，所以不管作品有没有声誉，一直能在琴上自得其乐，并且传播影响。五十岁的时候，恩师去世留出空缺，他才当上音乐学院教授。如果说一生有什么荣耀，那么当上教授到去世前的八年，就算比较荣耀的生活，但事实上因为学生、同行、妻子的影响，几年里烦恼不断。倾尽全力写了一些歌剧、康塔塔，都不太出名，直到现在也少有人演奏。最后一年，为管风琴写的《众赞歌三首》(Trois Chorals)最终进入主流曲目。

自从第一次听到弗朗克的管风琴音乐，我就梦想演奏这些曲子。可是因为手不够大，他的作品我只能弹一小部分，尤其对最喜欢的《大交响曲》(Grande Pièce Symphonique, Op. 17)只能望洋兴叹，不过安心看别人演奏也很好。比如，法国管风琴家、我的偶像之一拉特里(Oliver Latry)在巴黎圣母院里的卡瓦耶-科尔琴上的演奏令人惊叹，他弹得比弗朗克本人大概好多了——魂兮归来，却无宿身之处。我们都在前人的声音里寻找自己，而自己的故园本来就是卑微而不安的吧。

被遗忘的世界

近一百多年来，这个世界相比过去，文艺上的创造力、生产力进步还是倒退，很难用客观指标来衡量，但有一个成就我以为是明显的，这就是整理文献、发现古董的能力。就拿我略知一二的领域来说，起码钢琴家发掘起"被遗忘的作品"来，劲头越来越大。你可以说这是因为新作品能听的不多，所以只能细挖名人的边角料或者被忽视的旧人，也许有道理，不过我个人猜测也许一代人有一代人的兴趣，现代社会，寻找文献的能力前无古人，此长处发挥得淋漓尽致，自有独到的意义。对于有读史癖的本人来说，雪泥鸿爪的背后都是好戏。

所以在各种音乐杂志上，类似"遗忘者"的话题，我都会关注一下，也常常按图索骥，听一听作品。最近的《国际钢琴》杂志上，有篇文章写一个新"出土"的英国作曲家库克（Roger Sacheverell Coke）名气小，到维基百科条目都没有。好奇地读读这个人的资料，原来是富家子弟，在伊顿上的学，但除了这么一张彩票之外，没有其他"人生赢家"的筹码,精神不稳定,是同性恋(在当时不进监狱就不错),脾气差,找不到人出版和演出作品——不过,作品还是演出了一些,比如花钱请人在伦敦演他写的歌剧,为了这个把家传的古董都卖了,然后一点点把家产挥霍在音乐上。总之,他写了不少,出版得很少,晚年有了点机会,BBC交响乐团约他写东西了,可是他身体糟糕,烟瘾严重(据说每天抽一百支),已经无力工作。1972年,他的处境悲惨,没有爱人,家产卖光,自己常常闭门不出,当某一天骑自行车出门的时候失去知觉,栽倒在地,再也没有醒来。

发掘出库克并且录音的,是青年钢琴家卡拉罕(Simon Callaghan),这是世上第一张库克的钢琴录音。卡拉罕自己从头做起,搜寻作曲家的种种蛛丝马迹,犹如侦探。比如他在档案馆里找到库克自己收藏的,他的音乐演出之后的媒体评论,有两册之多,密密麻麻地注上他自己的感想。评论家总是褒贬不一,而他就像大部分作者,尤其是名声不足而仍然玻璃心的作者一样,对负面评论很敏感。如果有人说了他不爱听的话,他就到处搜寻这个评论家的背景和好恶,缺席审判一番,此人的话到底有多少分量。

钢琴家卡拉罕的CD,收的是库克的前奏曲和变奏曲。我听了一小部分,觉得有肖邦和门德尔松的味道,但尚未惊艳,也不好以偏概全说什么印象。不过我尊敬这些发掘极小众音乐的演奏者,对这个过程更是好奇。我敬佩他们的勇气,但也好奇为什么他们感到如此之好的东西,还没有说服世人,或者说,别人看不到好处的东西,其中有什么元素吸引了他们——仅就卡拉罕来说,他本来喜欢拉赫玛尼诺夫

(Sergei Rachmaninoff)，爱屋及乌就发现了终生崇拜拉赫玛尼诺夫的作曲家库克，一发不可收拾。在其他的情况，有很多时候，一些品位极高又十分真诚的音乐家激赏的作品，我费了不少力气，也听不出好在哪里。我猜，一方面确实有口味的差异，一方面也是（听者，演奏者）能力和投入差异造成的。如果我真心地投入或者演奏一类音乐，跟它共历一段人生，也许感情就会不同吧？自己的人生没有为某个作品准备好上下文，所以它镶嵌不进来，许许多多的人跟我类似，而"形状"对头的人，举世寥寥。

但是，对艺术的评价，毕竟不能用"欣赏者的人生""后人的阅读过程"来确定——不然岂不是由创作者自行评定就行了，毕竟他们是投入最彻底的人，他们的 ego、尊严和整个的玻璃心，都化在作品中，后人想萃取出高尚或虚荣，恐怕都是徒劳，他们早就野蛮地把自己打成血肉了。最终，评价还是落在"人群"之口，而这人群，可以是演奏家、作曲家团体，也可以是音乐爱好者，或者连音乐都不常听的人。众人之辞，经历个什么算法，取出一个什么样的加权值，才算是大概定位？这样想想，一个作品，说服除自己之外的任何一个人，真心都不容易。作品背后那人无力的呐喊，顶多被收集在档案馆里。

价值观的破碎，是我一直都感兴趣的话题，所以不断加强自己的信念：人生不可移植，现代人越来越复杂多样，交集越来越少，而寻求交集的可能性则越来越多，因为信息流通之快、之深。世界越来越平，越来越碎，但人们仍然在各种假设、以为和自作多情中彼此评判，一代代就是这么过来的，看谁误打误撞赶上了价值观的蜘蛛网，粘住了就挂在那里。历史上,这样的片段太多:某人发现或者创造了什么,看上去如同小朋友在沙滩上画画,跟这个世界毫无关系,可是许多年后,世界开始容纳什么了,如果两百年前沙滩上的画有幸留存,某人就被奉为先锋和鼻祖。历史就是这么写的,世界上许许多多沙滩之画,有时在时空中果真拼出大图,而背后所藏的运气,则是永远的天机,复杂度非我等能破解。

至于丢失和埋葬,那是恒常的主题,沉默地存在于所有情境之中。毕竟还是有人在寻找和建构,而那些无人围观的发现,还不能被称为发现,只能算善意的等待吧。也许有一天,前人的形状终于等来后人的容器。

音乐家两题

一　老而弥坚的人们

最近一期《国际钢琴》杂志上，提到两个我从来没听说过的钢琴家。作者彻奇（Michael Church）这样写的，在今年韦尔比耶音乐节（Verbier Festival）上，听到两个不知名的老钢琴家演奏，皆八十多岁，一位是阿丘卡罗（Joaquin Achucarro），一位是拉多什（Ferenc Rados），弹得都很好，不过拉多什在弹贝多芬 Op. 101 的时候发生了灾难——忘谱并找不回来了，而且试了几次都没回来。在这种极糟糕的情况下，他并没有慌乱，甚至弹错的地方仍然不失优美，音乐优雅地完成，功力令人惊叹。我好奇心大作，立刻在网上搜索这两个奇怪的、八十岁都不那么出名，但把最挑剔的评论家都说服了的演奏者。随便听听，弹得确实不是一般地好。

至于我自己，算是对音乐入戏比较深的，对音乐家甘苦也知道一些，但这并没有减轻我对某些音乐家独特生活的惊讶。每每遇到乐界奇人，我会从心底"wow"一下，希望知道人家怎么活下来的。偏偏，我感兴趣的人，往往并非闻达，在网上找不到什么踪迹，顶多淡淡一句职业介绍，现在某学校任教云云，这更令我惊叹世界之深广、他人生活之难解。年老而仍然弹得好，这算新闻吗？似乎不算。但据我所知，如果演出机会不多，人极易失去表演欲望；上台令人兴奋，但也很艰苦。若不小心自律，一般人应付艰苦事情的能力就会很快消失。所以，在没有巨大名利推动下坚持练琴的成年人就不多（无论水准），而能常年保持在演奏状态者，更是凤毛麟角。多数人无论年轻时如何光芒四射，一旦失去关注，自我要求、演奏状态都江河日下。

巧的是，读过此文后几天，又惊闻美国老钢琴家西蒙（Abbey Simon）还在演出，而且据说状态还不错——他已经九十多岁了。西蒙是我小时候就知道的名字，没想到长大后竟然见到偶像。那时，我还在休斯敦上学，连续三年经历学校国际钢琴节，而它的主持者，也是每年的演奏者之一，就是西蒙，他连续主持了二十五年。那时他也快九十了，每次我见到他都暗想"恐怕是最后一面"。关于他的八卦，网上并不多，可是这么一件就够了，这是他亲口说的：七十多岁的时候因车祸，手受了重伤，用了风险很高的方式来治，最后竟然恢复到在卡内基开了复出音乐会。你想想，七十多岁的人，功成名就，难道还不够吗？当时我写过一篇小文，记录他的外表，"像一根随时碎裂的枯枝"，走路蹒跚，但从来无人搀扶。后来我才知道，与他相伴终生的妻子，早已罹患帕金森症，平时住在瑞士的家里。西蒙自己因为在休斯敦有教职，也有一个居所，故不时独自飞来德州。我记录过这么几句感想：
"老头老成这样，到哪里都是最老的钢琴家，最老的音乐家，最老的人。
他的朋友亲人肯定一个个离开了。也许他拯救自己于忘却，忘却岁月
带来的灭亡，只要有钢琴就满意了。我猜他一定舍弃了大量的复杂，
把自己简化了活下来。"

那次音乐会上，他弹舒曼、车尔尼，力不从心是显然的，但仍然有
圆熟的韵味，音乐在，气场也在，弹到辉煌和得意处，估计观众们跟他
自己都快忘我了。我抄了几句当时他为钢琴节写的开幕词，"你也许
读过报纸上的无聊文章，说独奏会这种形式已经死了。不，这不是真
的，我们将证明这个老骨头还有新的生命。不管怎样，一场持续二十
五年的生命值得纪念，让我们继续下去吧"。

西蒙竟然至今还主持那所学校的钢琴节和大师班，已经到第三十
一届了。这个一生中做了无数事情的人，似乎用心地规划着自己的精
力。我印象深刻的地方，包括他的沉默。大师课上，我记得他毫不寒
暄，措辞直接，大约把所有力气都攒给了音乐。"要往前走，不然你就
会被埋葬。"这是我唯一有印象他在媒体上讲的话。

对于西蒙和上文中的两位老钢琴家，我想像他们也会有一般人的
健康问题和心态问题，不知他们怎么对付的。言及健康问题，我们哪
怕自己没经历过，也完全可以想象，人老了，艺术有可能成熟一点，身
体却不答应。怎么办呢？西蒙虽然长寿，身体并不比别人好，有过敏
和哮喘。可是他神秘地在舞台上活了下来。至于心态问题——西蒙
是大师中的大师，霍夫曼（Joseph Casimir Horfmann）的学生，他自己

跟凡·克莱本等人同代，功力深不可测，让同行服气，在市场上的名声却欠得多。鉴于演奏这个行当要面对观众作秀（哪怕古典音乐家），演奏者没有 ego 和表演欲是不可能的，没有虚荣心和竞争欲也很难。西蒙偏偏就是个演奏欲望极强的人，说过"我不上台就会很快死掉"，同时他也承认"常常很奇怪自己怎么不那么有名"。既如此说，那他怎么看这个亏待他的市场？

西蒙其人零零碎碎的传奇，也就那么多。我虽然八卦心很强，但也无法了解这些人的具体生活细节，因为他们不热衷于在媒体和网络上发话、公布轶事，他们除了演出和教学，一点存在感都没有。我敬畏沉默的人，但我也乐于搜寻榜样的故事来鼓励自己。可惜我找不到他们的励志故事，就像上文所说，世界深广，他人难解，我们也只好努力活完自己孤独的生活——在这一点上，我们如此平等，无需他人宽慰。

二　再遇皮雷斯

好几年前，我写过一篇小文，关于葡萄牙钢琴家皮雷斯（Maria João Pires）。

　　"我可不把自己当职业演奏者。对我来说，开音乐会的日子跟平常没什么不同，失去开音乐会的机会也没什么可惜……"她真不在乎开不开音乐会。养育儿女，手指受伤，这期间都不碰琴了,她泰然处之。"我把自己当业余爱好者,为了挣钱造农庄弹弹琴。生活中还有好多别的事要干呢……"这个当今最著名的舒伯特、肖邦和莫扎特的演绎者之一就这么称呼开演奏会、录唱片……皮雷丝种菜给自己吃,还拿出去换水果。有时一些弹琴的人带着音乐的问题来她的农庄求教,她认真地给他们一些独特的建议,报酬就是得帮着干点农庄里的活儿……她的梦想是把农庄弄成一个社区,让音乐家、科学家和喜欢干农活的人在这里交流。她说"弹琴就是跟朋友说话"。她讨厌飞到一个地方,跟一个陌生的指挥合作,弹给好多陌生人听。既然她的成功得来几乎不费功夫,那她干嘛不再努力一点,争取成为"最好"的钢琴家并名垂青史呢?"被人尊重的需要谁都有,不过对我来说,能被亲人和朋友接受就行了。"

写这篇小文的时候,她在我眼里真是个世外之人,拥有一套美好而坚硬的价值观,在这个追逐演出生涯的世界上固若金汤,进退裕如。而且她好像不需要练琴似的,以钢琴世界的残酷,多少人能分出精力弄农庄这些"闲事儿"?年轻钢琴家疲于奔命,老大师有老本可以吃,但阿格里奇、巴伦博伊姆那样的人,还是脚步不停。皮雷斯呢,她只需要"名声到来的时候,你要准备应付它"。网上有一个视频,某场音乐会,乐队前奏响起,她才意识到这不是她准备的那首协奏曲(显然,音乐会并不太正式,所以连排练和提前的沟通都没有)。天啊,这可怎么办?她在观众面前慌乱、挠头、苦笑、满脸绝望,可是,该钢琴进入的时候,她天衣无缝地进来了,然后手指竟然渐渐找到了路。据指挥事后说,一个错误都没有。毕竟这曲子她弹过,虽然是上个演出季的事了。这个让所有独奏家做噩梦的自然灾难,再次见证了她惊人的记忆力。

若干年过去了,皮雷斯现在怎么样?我偶尔在《国际钢琴》杂志上看到她再次成为封面人物,不由好奇地再次搜寻。

原来她还没退休,她的农庄还存在,她的梦还在路上,只是她离开了葡萄牙,到巴西定居了。她跟英语世界交往不多,很多生活的细节大家都不知道。她只说因为致力于穷人孩子的教育,忙于建小学,可是国内的舆论袖手旁观,指指点点,政府后来撤销了资助,最终她负债累累。这些事情对她伤害很大,甚至让她心脏病发作住了医院。病愈之后,去国决心已定。

就像一般钢琴家追逐事业的疯狂一样,皮雷斯努力建立社区的胃口不断增长。她继续为贫困孩子的教育努力,也教很多学生。网上有个电影《发现声音》(Discovering Sound),讲的正是她跟别的教师为青年钢琴家讲课的过程。她简直像个女巫,逼学生大喊(为放松),给学生催眠。大家还一起动手烧火做饭唱歌。好奇并且渴望成功的年轻人四面八方涌来,听到的则是"不要追求成功"的建议。我从这个电影倒发现了一个小秘密:原来皮雷斯那套美好而坚硬的价值观,也并非全然与生俱来,更非天然地刀枪不入。她活在这个名利场中,怎能不知世故?事实上她也曾是神童和比赛获奖者,也是在"成功"的蜜糖中泡大的孩子。她也需要有意体会音乐,需要高声歌唱,需要有意击退世界的诱惑。能击退世界诱惑的人不少,他们各自防身有术:有人是靠苦修和自律，有人靠对事业的忘我投入，有人靠隔绝于世，看上去皮雷斯站在苦修的反面，但她的答案我不能完全参透。

"独乐乐不如众乐乐"，这句中国古训或许合乎她的心意。她说对音乐的兴趣不必局限于天才，甚至不必局限于去音乐厅的人。音乐应该属于每个人，而那些从来不去音乐厅的人，也许是最需要音乐的群体。就像皮雷斯那套淡泊如水的心意一样，我再次被她的观念击中——西方古典音乐的确是细腻高深到了和日常生活完全剥离的程度了，这个事实，我有时喜欢，有时会怀疑。脱离日常对艺术而言的确是可行的，它在前人今人的生命中都屡屡上演，贝多芬、莫扎特或者巴赫，都有过隔绝世界的片刻和此刻的结晶，它们和时间轴平行，终将指向未来。但艺术也需要浸濡当下，这类东西看上去不够深长，但因接触面广阔，会培育出一些意料之外的生物，甚至有时候，新鲜文明的爆发。何况，那些诞生伟大作品的孤立时刻其实很罕见，多数时候，孤立仅仅意味着音乐家们沉浸于竞赛，在小圈子内制造并消耗名利。

皮雷斯感慨这种分离，她观察那些摘果子、做手艺的人们，赞美他们的完整生活。她喜欢人，也喜欢"人和人"。她曾经只喜欢给朋友弹琴，现在她已经决心用音乐真正地影响这个世界。我们都不知道她会走多远，但至少我喜欢那个叫做《发现声音》的电影，在我觉得疲倦和紧张的时候，以它为镜，照照自己就可以了。

70

音乐会闲话

　　本地的管风琴音乐会,我但凡知道的,尽量去捧场,一半是支持同道兼向人取经,一半是相信这些看上去"随机"的现场,不知何时就会有奇迹降临。不过从组织者(其一是我的老师)角度来看,音乐家并非从天而降那么简单,其中的遴选,不幸地要落入市场的俗套,比如知名度。虽然管风琴界是个很小的市场,但想来演出的人太多了,超过需求。世界在变,而许多人生早已无从更改;一门手艺趋于冷门的时候,还有大量手艺人积压在世上。这个时间差很糟糕,而世界需要"盲目"个体所带来的丰富性,只是苦了那些具体的人生。

　　牢骚发毕——今天来的这位 60 年代出生的查巴(Király Csaba)博士是一位匈牙利演奏家兼布达佩斯音乐学院教授。他这次来本省演出,前两天开钢琴音乐会和钢琴大师班,今天则是管风琴音乐会。我对匈牙利音乐家向来有一定的迷信,因为这个怪地方实在盛产两样东西——数学大师和音乐大师。

查巴是个高大、卷发的帅哥，随随便便地穿着件短袖衬衫，就这么坐到琴上。他开始弹的曲子是巴赫的一个 g 小调幻想曲和 d 小调三重奏鸣曲。对这些我实在太熟了，感觉他的处理非常古怪——不说别的，那个手舞足蹈恨不得把鼻子埋琴里的样儿，我要这么干早给轰成渣了——有没有搞错，这人根本就是钢琴家，来我们这里混是来客串。一般来说，弹管风琴的人，见了钢琴家会难免 cultural shock（文化震撼）一下。两个圈子按说不应该分得那么清楚，但往往老死不相往来，原因说来话长，它们背后的历史、文化太不同了。而两者兼得的人也非个别，只是需要格外宽阔的心胸、趣味和旺盛的精力罢了。说到这三重奏鸣曲，我听过的版本或者说我受的教育，都是优美、典雅、雍容这一路，不过他弹得有点抽筋，喘不上来气似的。总之，他的巴赫让我疑窦丛生，但还是耐心往下听。

后面的若干曲目确实很厉害，虽然他弹琴那个摇头摆尾的劲让我看得不爽，但音乐渐渐说服了我——自己不是反对用演奏者的外表、台风、衣服去判断他们么？他把音栓配置玩得相当透，仅仅这一点，让圈内的"专业"人士都没话讲了。作为匈牙利人，他喜欢李斯特不稀奇，连着弹了好几首，当然不会漏掉那首最喧闹的《B-A-C-H 主题改编曲》。我自己是李斯特的粉丝，但并不喜欢李斯特的管风琴作品，认为他完全是照着钢琴的样子写，根本没进入这个管风琴文化传统，不过宽容一点看，李斯特的创造力应该拥有一席之地。查巴博士接着在琴上手舞足蹈、翻江倒海，我听得很累，有时勉强跟上他的想象世界，有时远远落在后面。突然有了那么点幻觉，当年的李斯特也许就是这样？在一场场音乐会上,李斯特手舞足蹈在钢琴上不断作怪,引来众人尖叫欢呼,但世人、后人渐渐不买账,幸好李斯特未止于此,最终说服众人,在历史上获得了扳不倒的地位——哪怕那些浮华之作还是引来很多误会。

查巴博士面对的是另一群观众——现代人嚼熟了经典以及谈论经典的话语,也准备好了种种细致到位的演奏批评,演奏一旦发生,各种评论标签立刻各就各位,而那种李斯特式、童言无忌的大胆即兴倒渐渐从世界上消失了,或者说,从严肃的学院体系中消失了。查巴博士的绝活就是改编和即兴,这可能引来争议,也可能让人无法争议,因为对即兴演奏和改编的评论,我们这个世界还没准备好,只能失语以待,渐渐不欢迎它的存在。或许,一个把演奏和创作强行分离的世界,永远也准备不好对于"边演边作"的评价。我自己也是这个世界的产物,偶尔受了提醒才睁眼细看这种外星人——或者说,19 世纪人。

忘记说了,查巴的全部演出和大师课都免费。我一般并不相信艺术界的市场调节这种玩意,因为免费、低价的场次,有太多的好东西,我们观众拣到便宜只有阿弥陀佛的份。而查巴博士知名度到底如何?我回家后在网上看看简历,此人江湖地位确实很高,从小一路拿过能拿的奖,后来同时在钢琴管风琴上玩过所有能玩的风格,首演过一些当代作曲大师的作品,同时不断改编和即兴(从六岁就开始即兴),给经典协奏曲写华彩段更是家常便饭。你看人家在台上貌似哗众取宠,那是多年积累和专业训练的爆发。不过,网上关于他的消息确实不多,英语的更是凤毛麟角,我以前真是不知道这人——可以想象,中国的演出经纪人不会请他。不光中国,这里似乎也没有他的市场。尤其是这个地区,哪怕来了大师,也可能观众寥寥,令人尴尬,已经习惯了。

　　这场音乐会结束后,我的老师和别的音乐家都颔首微笑,十分赞许,不少人都掏钱买当时卖的 CD,我买了张他改编的贝多芬《第九交响曲》(把交响曲改成管风琴),或许不为别的,而是为他心中那个李斯特——李斯特就改编过贝多芬交响曲——这些不靠谱的 19 世纪人!我自己刚刚说过时间差的问题,那些"正确的时间的正确的人"真是很幸运。但我自己也有点庆幸,我在"不正确的时间"里目击了这些"不正确"的辉煌,世界在我眼里充满补丁,辉煌和尴尬参差相从。可是,这不好吗?

音乐的历程

"我大吃一惊。这样的压力让我难以承受,我一下子出了很多毛病,从失眠到哮喘都来了,还有深深的恐惧。我等了多少年,希望能有机会录制和推广这样的作品。而现在机会就在眼前!"这是《国际钢琴》杂志上中的一篇文章《杜舍克奏鸣曲》中的几句话,作者是西班牙钢琴家加尔松(Maria Garzon),她的"惊慌"发生于朋友的丈夫保罗决定赞助她录制杜舍克奏鸣曲全集的时候。不久前,她刚在独奏会上弹了这个跟贝多芬同时代的捷克人的两首奏鸣曲。

杜舍克(Jan Ladislav Dussek)其人,对音乐爱好者来说不算熟悉,但对钢琴学生肯定不陌生,因为他的《小奏鸣曲》是很多琴童的教材,跟克莱门蒂、库劳等一起嵌入童年的回忆。现在想想,我个人并不赞成小孩子弹这些早期浪漫派的老古董,它们虽然不难听,但历史感太强,跟当下太脱节。而这历史感对小孩没什么意义——它应该属于有过阅读和生活经历的成年人。大批小孩子弹了杜舍克,对其中旧时代的气氛没有共鸣,然后,这就是他们终生接触的全部杜舍克。

杜舍克沉入记忆,或者说沉入忘川之后多年,如今我这个成年人读到钢琴家加尔松关于他的故事,总算大有感觉。杜舍克作品很多,大多有小家碧玉的韵味,而宽广之处,不时让我想起早期贝多芬。其人一生并不平坦,也留下一些轶事,最著名的一段可能就是妻子的外遇和他的退让,这件事闹得满城风雨。杜舍克人生中另一桩大事,是推动早期钢琴的改良。此外,他跟岳父携手音乐出版生意,最后狼狈破产,杜舍克自己逃走,岳父则因负债进了监狱。

加尔松这个钢琴家,在众多明星中并不显眼,我看过她弹肖邦,感觉一般。但她到底是个可触可感的活人——古典音乐的作曲家我们大多触摸不到,活着的演奏家好歹是唯一可见的通道。而如今的时代是"重读"的年代,杜舍克除了给小孩子当教材,几乎湮没无闻,所以重新发掘他,注定是一场几个人的战争。"战争"的过程总是让我这个旁观者兴奋,钢琴家后面几句话,则彻底吸引了我。

"我和丈夫暂时搬到希腊的住所,静心练琴。每天都是同样的程序:早饭前练习两小时,饭后再练两小时,午饭后练两小时,再花一个小时挑毛病,之后晚饭,休息。""每首都先慢练,而且分手,至少两个星期后才慢慢合手;一开始用节拍器,之后离开节拍器;先按断奏练,再按合奏练。每首都经过这样的解剖,才慢慢复合到一起。""练琴的时候,我的狗——也叫杜舍克——他就在我脚边睡觉,我停下来的时候,他就会醒来,要我带他出去。他和我丈夫维持着我的正常心智。我的丈夫在忙着写小说,可是一直无私地给我们三个做饭。""最困难的事情,是无法跟别人分享这个过程——我怎样跟别人解释那种最终掌握那些颤音的快乐,掌握那些微妙踏板的快乐?还有那发现 Op. 44 慢板乐章中美妙的转调,Op. 69 中的切分音?"钢琴家这样说。我非常理解她的感受,因为自己有过类似的经历,一样因为兴奋而渴望交流,恨不得把目击的点滴美景一口气转述给人。我自己也说过,对音乐家来说,生成音乐的过程是孤寒的,因为它无法映射到文字中,只能收藏在身体力行者的私人记忆中,除非被偶然地触发。或者说,生活向来柔软而沉默地蜷缩在语言背后,它期待融化或突围那一刻。

其实,我们的关于音乐的任何文字,呈现的都是音乐的结局,而它与生成音乐的过程背道而驰。音乐是乌托邦,音乐家一路走来,跟自己的错音、误解斗争一路,把自己的粗糙和懒惰都蒸馏干净,才剩下这么一朵完美的鲜花。而那些蒸发掉的东西,并非不值一提,它可能是现代演奏家的自然经验和音乐习惯,因为面对年代久远的作曲家,不得不摒弃自我,融化到旧时代。

钢琴家哈默林(Marc-André Hamelin)说过,"现代人对作曲和演奏背后的东西关注得太多了……音乐就是给人听的,其他应一律忽视。"我理解他背后的意思,但目前持相反的看法。音乐听得多了,有时我对那个结果,那枝完美的鲜花已经有那么一点审美疲劳,开始更关注过程中的秘密,而这个过程肯定不是光用耳朵来解析的。在演奏者对音乐一遍遍的放大和变形中,时间和空间粉碎并剥落,演奏者的自我也在音乐中变形——我不用生长这个词,因为这种变化是获得也是舍弃,是营养也是折磨。它囚禁了现代人,打开的则是通向历史的后门。得焉失焉？这是非常个人化的体验，我无法替音乐家判断，但愿意凝视这个缓慢的过程——经典艺术远离现代了吗，远离当下了吗？在我眼里，其中只要有人的操作、失败和坚持，人与音乐的联系就不会消失。这种倾诉，的确还常常是音乐家小圈子里的事情，而我可以自吹是一个热情的倾听者。我相信那些痛苦和缓慢之中收藏着历史和人世的秘密。

音乐故事

一　手的自传

　　演奏家,尤其是最吃重的钢琴家的手,在我眼里永远有许多故事。本来,身体、肢体的直接感受,不容易映射到文字中,比如痛、痒、饥饿,虽不乏读者共鸣,但总不好连篇累牍地写下去。而弹钢琴这件事,从业和非从业人员之间很难交流,一方面是音乐难写,另一方面"动作"更难写。即便在从业者之间,手的发力、摆位、角度这种事情虽然天天面对,但如果不是连声音带动作"多媒体"地展示,也只能将之留给沉默。眼见钢琴家们写自传,也就是"××天开了场演奏会",观众反响如何等这种空洞的陈述。就这样,最激烈的挣扎和最细腻的碰撞,在文字面前却刀枪不入——身体的运动,是不是都有这般结局?

　　美国钢琴家弗莱舍(Lean Fleisher)的自传《我的九次生命》(*My Nine Lives: A Memoir of Many Careers in Music*,2011)本来也给我

如此的印象。钢琴大师这个物种,虽然十分可敬,但在舞台生涯中往往也化为追逐成功之人,尤其在那个古典音乐仍十分重要,和荣华富贵捆绑在一起的年代。在弗莱舍的叙述中,我读到的是他的事业曾经蒸蒸日上(并且志得意满),和大指挥合作,并且一直成功着;在婚姻中追逐新欢:"我已经有了小孩。可是被一个聪明漂亮的女子 Rikki 迷住,一有机会就偷偷约会。""婚姻中这些年,所有家务和孩子的事情都是妻子料理,我的时间都用在演出上,孩子们问我,'你是我的爸爸吗?'"最后和妻子摊牌离婚的时候:"我那么笨,连一点委婉的话都不会。"而妻子是一点点发现秘密的,包括洗衣机的账单。"她(指情人)竟然连衣服都不会洗(注:当然是指把衣服放进洗衣机)?!"妻子说。弗莱舍也谈道:"指挥塞尔知道我要离婚、结婚,十分生气。尽管他自己就结了三次,有一次还是跟朋友的妻子。"

　　这本自传就是这样的基调,真诚、直白,还有——请原谅我对大师的不敬——背后的浅薄。这并不令人惊讶,古典音乐到底还是表演艺术,既然有性情,也就有浮华和虚荣。少数人在浮名之下并未止步,一直拥有野蛮的创造力,并且拷问自我。这样的人很少。弗莱舍大师弹得很好,但他也就是著名演奏家之一而已,以我的阅读印象,他的境界到"成功"为止。

　　可是,弗莱舍还是不同寻常——他有严重的手病(局部肌张力障碍症),右手小指常常失控地蜷缩起来,而且不能发力。在他这里,"手"的存在被无限放大,和生命的戏剧深深纠结。说到钢琴家的灵动之手,是他们的福祉也是诅咒,多数人因为使用过度,最终难逃手疾的追索。而这对演奏家有怎样的精神影响？瓜内里四重奏团的小提琴家受了伤，他说在那段时间里，同行都离他远远的，害怕，因为他们受不了这样的联想——发生在自己身上该怎么办？在这里，弗莱舍在三十多岁，事业巅峰时患病。那段时间，他正跟塞尔合作。塞尔是个严厉得不近人情的指挥，自己钢琴也很棒，对塞尔金那样的大牛都能不在乎地推到一边，告诉人家这个句子应该怎么弹。当时，他们正准备到苏联巡演。一场音乐会之后，掌声仍然热烈，报纸评论仍然充满表扬，"但我知道，手已经不是原来的手。我挣扎着把手摆到正确的位置上"。"塞尔在音乐会后把我叫到办公室，铁青着脸。'这个巡演你弹不了了。'他是对的，我已经不能达到那个标准了。"

与手的恩怨，这仅仅算开场白。手疾伴随着很多生活中的变故——音乐会剧减，靠教学谋生，同时怀着治愈的希望拼命挣扎。妻子在结婚纪念日等了一天电话，"而我完全忘记了，所有的注意力都集中在跟手的斗争中，在昏暗的旅馆房间里不休地练习。""和老友格拉夫曼重逢，我发现自己离婚了，头发很乱，胡子长了，唯有一件事没有改变——仍然不能弹琴。"顺便说一句，格拉夫曼也是大钢琴家，后来也被手疾所困，也退出了舞台。

生活的变故，伴随的是和音乐关系的改变。他开始学指挥、参加室内乐。当手已经不能再承载音乐，音乐反而飞升到新的空间，福兮祸兮？但是，跟手的战争仍然不肯停止。他天天练琴，明知不能上台。第二次婚姻结束后不久，终于要开一场隆重的重返舞台的音乐会，亲友都会来听，媒体严阵以待。而在排练之前，他发现右手还是不能自由伸展！十七年来，用尽各种办法来调整和治疗右手，结局却仍然如此。所有的荣耀和即将到来的祝贺，原来都是一场梦。他跑到卫生间里大哭，直到朋友（当时的指挥）知道了，跑上来给他擦泪。

最后的演出，已经是天大的幸运。显然不是最好的水平，但毕竟顺利完成了，没有丢脸，虽然时时含着泪。"我一句话也说不出来，狠狠地和指挥熊抱。过后我只能逃离人群，找个地方大哭。"

在传记中，音乐是背景中的激励和安慰，而他仍然被自己的心魔驱赶。"九次生命"，他说的是自己宿命的起起伏伏，这个反抗和丧失的战争记录，浸透了伤心。这就是弗莱舍的故事。上帝拿去最心爱的东西，你苦苦要把它追回来，在这个过程中你绝望、愤怒、不想活。类似的故事很多，但我第一次读到一个钢琴家跟自己的病手长期相处的回忆，这个不断获得又不断失去的诉说。钢琴本来就放大了"手"的存在，手的病痛加倍放大了它，钢琴家的故事原来就是手的故事。

二　流放者的乐团

最近看了一个纪录片《流放者的乐团》（*Orchestra of Exiles*，2012），讲的是30年代的音乐家胡伯曼（Bronisław Huberman）为拯救即将被迫害的犹太人音乐家，组织了"巴勒斯坦管弦乐团"的故事。波兰犹太人胡伯曼自己曾是小提琴神童，长大后有了一个光彩的职业生涯。纪录片中的场景发生在德国，各个欧洲乐团开始不断地解雇犹太人（不过离大屠杀还很远）之际，此时正值希特勒掌权不久。

胡伯曼不仅是大音乐家，难得的是为人无私，自己有办法去瑞士避难，但并不因此万事大吉，而是动用全部资源和努力，组织犹太音乐家们移居巴勒斯坦，为了他们的安全，也为延续音乐。此时，德国犹太人并不容易离开德国——当然，爱因斯坦那样的伟人会受到美国的欢迎，但包括美国的诸国，对入境的犹太人是有限制的。许许多多普通犹太人出国无门，还有很多人不想离开——他们想不到希特勒真的会那么疯狂。

组织七十余人逃亡的过程极为艰辛复杂，钱只是最小的困难——胡伯曼自己在美国巡演筹款，并请到全世界最著名的犹太人——爱因斯坦出席筹款晚宴。当组团即将成功，并约好了当时音乐界的"上帝"——托斯卡尼尼（Arturo Toscanini）指挥首演的时候，当时巴勒斯坦的阿拉伯人不断抗议犹太人的到来，给"保护者"英国施压。巴勒斯坦一时大乱，英国要完全中止移民，绝望的胡伯曼日夜难眠，近于崩溃。英国最后略作让步，胡伯曼又动用全部人脉，四处游说，终于获得了许可。

障碍不仅仅是这些。虽然希特勒上台之后开始迫害犹太人，但曾经有一段时间，德国是犹太人的舒适家园。直到20世纪30年代，并非所有犹太人都愿意离开。有人组织了一个犹太人自己的乐团："我们给犹太社区演出，这总没问题吧？"胡伯曼极力反对，说这本身就是对希特勒种族隔离的支持。不过这个乐团确实红火了一阵，让很多犹太音乐家满意。有人反对胡伯曼，鼓动大家不要听信他——他自己后来倒加入了胡伯曼的队伍。

　　抵达巴勒斯坦的音乐家中，有两个存在于照片中的人物，一位是个气质翩翩的女中提琴家（居然让我想到顾圣婴），因乡愁难解，不顾胡伯曼劝阻，执意回到德国。乐团中还有一位在读音乐博士的年轻人，因为要完成论文，跟胡伯曼请假几个月回德国，结果因故拖延，再想离开已经不可能。两人都静静地消失在大屠杀中。而那个犹太人乐团不久就被关掉了。

　　而在巴勒斯坦这个条件艰苦的地方，虽然有许许多多不如意，音乐家们跌跌撞撞地活下来了，何况这里也有不少欧洲移民充当听众。胡伯曼本来是独奏明星，但特意把机会让给别人，自己后来才偶尔参与演出。最终托斯卡尼尼终于来了——排练一开始很满意，不过托老不久后就开始了习惯性的大吼大叫，加上语言不通，排练很快成了受罪。胡伯曼跳上来，建议托老用舞步来解释音乐，结果人人面露微笑，皆大欢喜。最终演出的热烈难以形容——因托老之名，美国和英国的音乐界都被惊动了。当地的观众则连夜排队，有人爬到屋顶去听。这一段历史的叙述，就如此感人和欢乐。

　　而乐团的今天，就是著名的以色列爱乐乐团。前世今生间，不仅仅是战争让人难忘。我更有所感的是当时巴勒斯坦居民对音乐的热爱——当然，不少观众来自德国。曾有一位指挥家排练的时候，工人正在屋顶干活，吵闹难耐。指挥家实在坚持不下去了，胡伯曼来协调，问工人们"如果请你们晚一些再干，需要付多少钱"，那人竟然说不："只要给我们音乐会票。"看上去，当时的古典音乐不是"古典音乐"，而是"音乐",是人们生活的一部分,这跟在现代社会中不断符号化的"高雅音乐"何等不同。

被片子打动之余,我也有许多杂乱的想法。大难当头,总还是那种"有用"、有才之人获得更多的生存机会。胡伯曼和富特文格勒都拯救过许许多多不是音乐家、甚至完全不认识的犹太人,但胡伯曼的初衷毕竟是为乐团挑人。片中的他,很清楚落选者的命运——面试是在决定这些人的生死。不用说,绝大多数犹太人求助无门,死路一条。片子自然也是从犹太人、欧洲人的视角出发,而居于巴勒斯坦的阿拉伯人,则完全没有面孔。此外,胡伯曼是个真诚的音乐家,深深相信伟大音乐中的人性,为此可以牺牲个人职业生涯。而我这个观众,则多么希望这种相信还能延续至今。心理学、社会学日益成熟的时代,我们比前人更能看到精英的局限、文化的相对。音乐中的绝对性、神性几乎弱化成符号了,跟"高雅"的帽子一样不堪一击。我们的时代,是我们的选择,还是我们的无奈?

片子对我还有个小小的收获——发现传说中的托老,棒下的音乐太迷人了——之后我立刻去订了一套他指挥的 CD。音乐总不会错的。音乐这东西,有时蒸馏掉历史的苦味,有时让它幽灵一般跻身于音乐的回响。人与音乐这种长久的关系,总是难免这种百般滋味间的循环往复。

梦想之力

在喜欢音乐的人中,我属于相当热爱技术的那一类,我指的是跟身体能力相关的技术,比如力量、速度和准确性。这种事情本来没什么好谈,因为太无趣、太不艺术、太体育,但它的过程极为漫长痛苦,而且跟艺术也是互相渗透的。求艺路上,任何漫长曲折的过程,都是艺术的一部分,起码我这样看。因为对音乐中的演奏技术感兴趣,有时也会爱屋及乌,好奇一个相近的领域——舞蹈,尤其是其中技术到了极致的古典芭蕾。虽然是外行看热闹,但看看芭蕾中极度细致苛刻的身体操作,想想键盘演奏中的手指能力,心有戚戚。当然,艺术中不仅仅充满外来的苛求,还有张扬自我的时刻,那才是回报和做梦的瞬间。而它的前提是,你已经内化了全部的技术,说服了所有的苛求。回报太昂贵了,但它毕竟存在,毕竟发生,尽管像命运一样不可预测。

这个讲英国皇家芭蕾的纪录片《痛苦和狂喜》(*Agony and Ecstasy: A Year With English National Ballet*)我看了几遍,每次都

有新的感动，甚至自己本来不太喜欢的普罗科菲耶夫（Serger Prokôfiev)的音乐《罗密欧与朱丽叶》，也因为在片中不断出现，变得十分熟悉和温暖。英国皇家芭蕾舞团是世界名团之一，竞争激烈不用说。看他们的日常生活，不由感慨我们一般人的职业，要求实在是太低了。对芭蕾演员来说，挑剔、批评、斥责充满了每天的生活，你练得脚出血、受伤，放弃个人生活和朋友圈子，换来的仍然是无穷的挫折感（换了我早就掩面而逃，真不知这些钢铁般的人是怎么坚持下来的）。片中的艺术指导的职责之一就是喝斥。你经常听他说这样的话："我都告诉你一千遍了！马上就要上台，我现在还在给你讲剧情！""如果你不在乎，我不用再给你讲了。""你觉得无所谓，我可不能觉得报纸上的批评无所谓！"上台之前他问女主角准备得怎样，她说："我会尽力做到最好。"他说："不，比最好还要好。"演出大获成功，大家都很满意的时候，他也很高兴，不过告诉女主演："你直到第三幕之前，一直都不错。"

在舞剧《天鹅湖》中，女主演在某处要转三十多圈，据说"评论家会仔细数每一圈"。而我好奇之下去翻看网上报纸的评论，果然充斥内行而刻薄的批评——好歹，还是有人真在乎芭蕾，这总比没人评论要好。当然，《天鹅湖》中的旋转还是个非常可见的东西，而《春之祭》中复杂而又不容易感知的节拍才叫折磨人，出错的时候也许只有内行能看出来，做对时则无人喝彩。

团里有一次重要的机会，尤其是对男演员，这就是普罗科菲耶夫的《罗密欧与朱丽叶》。70 年代，著名舞蹈家努里耶夫（Rudolf

Nureyev)给男演员编排了充满光彩和个性的表演,一改男人只能作陪衬的传统,从此男人有了更多的角色。这个大戏,需要动用全部男演员,有人还要演多个角色。而大家拼命排练的时候,等来的是政府缩减开支,团队进入财政严冬的消息。艺术指导看上去一手遮天,其实承受的压力并不比众人小,毕竟要负责舞团的生死。演员们工资已经够低了,一浪浪袭来的财政危机雪上加霜。

烦恼不断的状况中,该练的还是得练,哪怕没有钱也要使出150%的力气。对二十四岁的马克斯来说,这是个重要的机会,因为他在团里排位还比较低,如果抓住这个主演机会,以后就能蹿升了。而对丹尼尔来说,情况有点不同。他三十六岁了还在底层——尽管是皇家芭蕾舞团的底层——他已经在准备从事新职业(到底是什么还不知道),希望那将是一个受尊重的生活,不再处于底层。这是他最后的一次机会,或者说,可能性。然而在这个充满打斗的戏中,受伤的人很多,包括丹尼尔,他进了医院,梦想还没开始就结束了。他的痛苦不难想象——如果说一般人没有那种痛苦,那不是因为比他更幸运、更出色,而是因为根本没有机会挤进"皇家芭蕾舞团"而已。片中采访了一些自由职业舞者,他们也都渴望进入舞团,获得一个稳定的位置。这些漂亮的女孩、男孩,为了舞蹈付出了整个童年和青春,到头来连一个基本的收入保证都没有。他们为了什么呢? 梦想? 人类是多么容易追逐痛苦啊。可我尊敬有梦想的人,我不喜欢把"快乐"捧得太高。幸好,逐梦者、为之自虐者这样的物种,从未灭绝过。

幸运的马克斯果真抓住了机会,因为他努力的不是一点点,而是拼命。放弃了所有的休息,拼命练习,顶着劈头盖脸的挑剔,终于获得了认可,也真成为团里的领头人物。

这种耕耘终于换来收获的情景,的确令人欣慰,但"一分耕耘,一分收获"的期待,似乎只能是自我欺骗。观察一下艺术圈子,你会觉得演员面对世界是何等无力。世界或者说公众,不是不愿意给优秀者一点奖赏,但公众的"公平精度""回报灵敏度"是不能指望的,你使出140％的力气,都不一定能得到回报,只有积累到某个高不可及的程度,这个愚蠢的世界才惊动了一点点。有时我想:艺术说白了也就是人和世界对话的一种方式,但因为某类艺术形式的艰难,它一边阻隔交流,一边搭成少数人之中的频道。说到人生的孤独和脆弱,早就是老生常谈了,有人却自愿难上加难。而我相信他们在困难中谦卑,却也在梦想中飞升。

比赛两记

一

近日最牵动我的事情，就是第十五届柴可夫斯基音乐比赛了。仅就钢琴这个项目来说，预赛之后是第一轮，每人弹一套四五十分钟的曲目（柴赛曲目保守，第一轮都是以巴赫开始，传统的浪漫派结束），第二轮则是另一套独奏，外加一首协奏曲（这次都是莫扎特的协奏曲）。决赛对体力是更大的考验：连续弹两个协奏曲，中间只有时间喝杯水。每轮结果出来的时候，不出意料地令人扼腕无数次——有些人在我眼里已经无可挑剔，但都无声无息地出局了。

尘埃落定，不得不说钢琴选手中我最支持的卢卡斯（Lukas Geniušas）未获冠军，让我小小地内出血一下。心绪不佳，我连获奖者音乐会都没看。

不管音乐比赛有多少问题，我还是爱追一些比赛，有时自己支持的人被刷掉,真是万念俱灰。这种惨烈的自残,我竟然乐此不疲,自然有一些原因。比如虽有偏爱的选手,但都是当场听出来的,而不是受名声和先入之见干扰。有时很确定某人的演奏是自己十分赞同的,但对有些人,意见有摇摆,甚至跟自己的状态相关,所以假如一定要判断的话,还是先要反省一下自己的视角。这个过程很真实,也让我更了解了自己跟音乐的交互。

就拿卢卡斯来说,我从第一轮中偶尔看到他,就被吸引住了,好奇地在网上一搜,原来此人曾是肖邦国际钢琴比赛第二名,难怪。音乐的丰富和技术的稳定之外,我格外喜欢他弹琴的姿态:特别"定"和"通",有控制,不浪费动作,手简直像吸在琴键上那么稳妥,真是人手合一、人琴合一。音乐不用说了,能坚定到这种程度的人,音乐就不会差了,因为心力可以充足地投入进去。

乐器演奏是复杂的体育+艺术,涉及的变量很多,又因为从业者无不从幼儿开始,年复一年,渐渐养成一套个人化的身体习惯。人的身体是敏感的,不比"心"的变化小,指尖的角度、手臂重心的一点点差别,就传达了太多的信息,而我自诩是这类信息的读者。有些人弹钢琴,有"端着"的感觉,臂肘和肩膀都往上抬,好像跟自己较劲,浪费许多能量;还有一类人,动作稀释了音乐,力量不是内收而是向外泼洒。他们的手和心是脱节的,手指动作跟音乐并没有必然的联系。也许他们也能弹得好,只是姿态让我心生不安。

在网上发现不少人跟我一伙,是卢卡斯的粉丝——他还获得一个

"媒体奖"。我甚为欣慰,也察觉自己已经被竞赛这件事套牢了,我们开始关切谜底,开始以结果的公正与否(换句话说,跟自己的想法接近与否)来判断比赛的价值——比赛很激发人的动物性,很血腥,从奥林匹克、古典音乐比赛再到诺贝尔奖,无不如此。鉴于上面所说的,广为人知的比赛弊端,有人折衷一下,搞个音乐节,不以名次为目标,这很好,不过以我个人经历,不少钢琴音乐节还真不如高水平的钢琴比赛那么牵动人心。好吧,大家都拼了,为音乐,为名利,也为万千观众之中的气场,生命因此拥有怒放的一刻。在此之前那漫长的煎熬,是一场青春的豪赌。

不过,在牵动人心的决赛之中,我竟有了一些竞赛之外的感受,那是被几位水平极高的参赛者打动之下的敬意。太多人弹的柴可夫斯基《第一钢琴协奏曲》已经让我想吐,但大厅中那种 larger than life 的现场感,还是让我迅速进入角色。卢卡斯仍然沉静成熟,唯一遗憾的是最后一首拉三略平。乔治·李一如既往地高亢而精彩——因为年轻,网上不少人说他"不够成熟和深刻",但我觉得他分明处处游刃有余。还有一位叫做丹尼尔的十六岁小朋友,那么坦然、大气和率真,令人难忘。如果我是评委,绝望得只能抓阄决胜负了。

职业钢琴演奏这个事情,其难不用说,就比赛针对的年轻人来讲,能达到决赛水平的,都是那些二十岁前处处完美的人——天才加刻苦加良师加机会,毫不浪费资源,才能在二十多岁的时候达到这个水准。这种脆弱的职业道路,没什么容错度,不允许年轻人恣意生活,放纵性情,你必须准备好一种激烈、狭窄、密度极高的人生。长远的人生是不是必须残酷成这个样子,难说。不过他们虽然辛苦,也看到了我们一般人无法企及的风景。

　　比赛过后,我稍有不舍和伤感,好像送别一场狂欢。网上居然有一些旧日比赛的花絮录像,有的比赛是二十年前,那时还有"苏联",所以英语世界拍的片子大概难脱宣传味道。以前我看的美国的克莱本钢琴比赛花絮集锦,展现的都是志愿者和音乐家的其乐融融。而历届的柴赛花絮,充斥着选手的抱怨:食物没法吃,美元不许用,旅馆里都是蟑螂,下飞机没人接……外加人人都不忘记的权力腐败。毕竟大家还是挤破头皮来比赛,历届的获奖者中,成器者确实不少。比赛当然要请一些旧日获奖者来访谈,总有人回忆这个比赛如何改变了自己的人生。我并不佩服这种在长远人生中过度看重比赛的音乐家,对具体的人来说,金奖占尽风光,第二名以下的人,不知吞咽多少苦涩。这种挫伤,本来不该是艺术的一部分,但艺术毕竟也是生活的一部分,躲不开真实的波澜。对了,我赞赏的钢琴家卢卡斯在一次采访中说,自己其实不缺演出机会,但仍然在尽力参加比赛,展现自己。"我是太贪婪了吗?可是我觉得有必要让人们看见我们……过去我觉得我们应该显得谦虚,但我现在已经改变了想法。哪怕是为艺术,也有必要让公众多多关注。"他坦率地说。我说不上赞同还是反对他的话,但我很同情这番话的背景。在古典音乐演奏这种太浓缩、太人工的生活里,我作为一个旁观者、欣赏者,为他们甩在身后的寂寞欢呼。

二

　　很久没有特意听肖邦了,部分原因是对他已经十分"大概熟悉"——听了上句知下句,有人出了明显的错音会吓我一跳,一些奇怪的处理也会让我皱眉,但知道自己远远算不上"真正熟悉"。最近的第十七届肖邦国际钢琴比赛倒是个好时机,能让我再熟悉一下肖邦——比赛么,如果你对输赢有点兴趣,就难免被一种"实时""未知"的状态吸引,我不一定特别关心输赢,甚至也不一定关心谁弹得更好,只是因为那种现场感的气氛,被吸引着又听了一遍肖邦。

　　我有个想法,对古典音乐,现代人在深度理解上跟五十年前区别不大。一个认真的听者在今天面对贝多芬,如果想理解得很仔细,遇到的挑战、激励和共鸣也许跟富特文格勒的时代差不多,无非就是条件更好,资源更丰富而已。但就肤浅理解而言,今人跟过去的接受度差别很大。古典音乐不一定不好听,但确实不直接,而且充斥智性,不能听几分钟来判断,不能用表面的旋律轮廓来下结论,而这正是大多数人接触各类音乐的主要方式——如果没有迅速被音响的丰富和旋律的好听(比如愉快可唱)吸引,就很容易放弃。在今天,能够迅速吸引人关注的种种表达(不止音乐),在数量上远多于过去,人们也越来越期待立即获得快感,古典音乐慢热的属性却没变,自然显得越来越弱势。公众这种认知方式虽然粗糙,在人数上却占了压倒优势,结果决定了演奏家的收入和职业生涯、乐团存亡,现代社会就是如此。

我也常常"粗听"音乐,会因此错失理解的良机,所以知道自己对音乐不知有多少偏见。而粗听一旦有机会变成重听、细听,那些远观无味的东西、柔软压抑的东西,可能一下子被自己的意识放大得遮天蔽日,比如自己以为听熟的肖邦。我过去听肖邦不大看谱子,平常也满足于听觉印象,但这次我决心一字字地跟着谱子听,之后自己想一想结构,再去看一些音乐分析。这个笨办法让我听得更清楚,也跟演奏者有了"共历"的体贴。比如常常注意到谱面上困难的指法,也更钦佩优秀演奏者看似自然随意的换指背后会有多少纠结和别扭,而最终它们都圆融地化为珍珠的一部分。

决赛的时候,几乎人人都弹《第一钢琴协奏曲》,连着听是受不了,但认真地听哪怕其中一个,钢琴声部进来不久,内心的防线就被轻轻捏碎了。比如第一乐章第三主题后,那些既起伏又没有重量的七连音,那些强弱相间的经过句,就让我觉得自身于音乐,好像沙土化入大海,一切都在无声地坍塌。这是音乐的力量吗? 这些音符明明矜持自守,黯淡地闪烁,有时如同一朵遥远的雪莲花。它毫无说服我的欲望和攻击性,一定是音乐激发了我,让自己生发又毁灭,或者说,是自身的发现与重建吧。不管肖邦被过度演奏磨损成什么样子,不管多少名利、争执捆绑在这样的音乐比赛之后,只要自己能够静下心去面对这样的音乐,它就是荒漠中唯一的声音、唯一的色彩,重写了我一个上午的生命,轰轰烈烈地存进记忆之中。

那么,假如画一张音响与幻觉的地图,或者制作一张表格,左边一栏是音符,右边是它激起的跟文字、图像相关的表达,那该是什么样?如果我画一张属于自己的肖邦第一协奏曲的表格,左边一栏是巨大空白之中几个轻轻浅浅的连续音符或者琶音(当然头上戴着小连线和重音,以及强弱标记),右边则可能水漫金山,听者的人生回忆在其中洋洋洒洒、欲说还休。练习曲的图景可能是,左边整齐密集,右边也一样整齐密集,那完整、统一、看似变化不大的音群,激发的也是平铺的激情和想象。如果是叙事曲、谐谑曲,倒可能左边厚重成块,右边压抑得哑然无声,只偶尔逃逸出火花。这只是个最粗糙的表格,如果把它的左边细化出和声、节奏的变化,会有一些诡异的转调直接指向人心的激烈反应和情景的突变。音乐家用音乐思考,常人用叙事习惯思考,两者永远难以精确匹配,总会有些莫名其妙的离群数值,在坐标系上狂奔而不知所终。左边一栏是写在纸上的,一直经历微小波动的专业音乐诠释,右边则是因人而异的沙滩之画,恒常进行,终无定稿。并且,漫长人生在音乐中是会被压缩或者取样的,这又是一种怎样的计算呢?

　　肖邦比赛期间,演奏肖邦音乐而著名的钢琴大师和评委之一傅聪先生在寓所中接受了采访。这么多年来,他对肖邦不断的研究和演奏,说是以臻化境还不够,其中的苦心和自我投入,更让我感慨。他说肖邦的音乐超越时空,独特无双,世人永远无法完全破解,说肖邦的世界包括了柔美、能量甚至暴力,而世人何尝充分吸收。我被这样的充满感情的表达感动,但我也知道任何一个莫扎特专家、贝多芬专家、巴赫专家或者瓦格纳专家,都会有类似的感受,因为他们的人生和某一个音乐世界相融合,这种长期的"婚姻"注定他们不断在这个世界中注入动态的自我,也就不断发现这个世界的丰富。肖邦也好,巴赫也好,他们的音乐自身是丰富有力的,而后人的生活对音乐的延续则同样重要。这种黏合与延续,是命运,是机缘,对参与其中的人,更是铁定的事实,一生的捆绑。我们普通人对音乐未必有那种深刻、舍命和长期的参与,但人生被一些前人、一类音乐所画,自己的幻觉则不断缓缓归来,诉说着前世。而我愿听这种诉说,听到自己的尽头。

贝多芬奏鸣曲两题

一　漫长的奏鸣曲

　　一般来说我花几个月学习一首新作品，先弹给朋友听，再改进一下，然后再小范围地表演，再改进，最终能够公开演奏。这个试验-改进的过程一般持续一年，而对贝多芬的作品 106 号（"锤子键琴"），我花了八年时间。

这是钢琴家陶伯（Robert Taub）在《演奏贝多芬钢琴奏鸣曲》一书中的话。八年磨一剑，一个知名钢琴家的辛苦，竟至于此。学者斯塔福德（Jan Swafford）在《贝多芬的愤怒和胜利》一书中说："这首曲子的英雄是它的演奏者和听众。"贝多芬在信中有几分得意地说"困难的东西是好的。"作为一个普通听众，一个 Op. 106 的粉丝，我知道自己能坐住把它听完就不容易。但不弹它的人，无法估量它的难处，它宽广似海,每一细节又如此浓郁而精致。细节堆积起来,放在不同走向的浪头里,难度和痛苦又不知增长几个数量级,实在太磨人。

仅就第一乐章而言,至少有两个问题让我困扰不已。一是它的速度——贝多芬标上节拍机记号,二分音符138拍。这个不可能的速度,弹贝多芬的圣人施纳贝尔(Artar Schnabel)做到了,一方面让音乐疯狂得无法入耳,另一方面,他的权威也让别的钢琴家坐卧不宁,尤其这确实是贝多芬本人标的数字,而他标速度的时候不多,让人无法不重视。陶伯说:"贝多芬亲手标的速度如此被钢琴家们藐视,真令人难以置信!"我猜,一定有钢琴家跑到维也纳去看贝多芬的节拍器是不是坏掉了。我是真受不了太快的第一乐章,觉得八十几拍就算最快了,不然就会失去那种山洪涌动的层次感。多少年来,围绕着它的速度,人们不知发明出多少种说法,比如有人说138指最快的片段的速度。这些看法都很有意义,也可以看出人们为了自圆其说,付出的百般努力。

还有一个问题,就是第一乐章的225至226小节中的A,是升A还是还原A。按音乐进行的半音模式,貌似是还原,但不少人认为,既然升A即降B,更合乎降B大调的下文。我无聊的好奇心升起,遂挑了二十几个钢琴家的演奏来听,最终,升A派在人数上小胜,只是我无从获知大家各自的理由。这个经过句只有几秒长,两种弹法听上去区别不大,而背后的道理滔滔,竟可连篇累牍。这个几秒的争议,倒是让我再次见识了"经典"的力量,它如同漩涡一般,吸纳那么多思辨,惊鸿一瞥的一瞬竟然会如此复杂。几秒钟短吗?经典是供人重听的,用生命中许多片段去温习的,而一次次的温习,终将照亮那些细小的沟壑,升A和还原A,也能泾渭分明吧,至少严肃的音乐家相信如此,甚至我也开始相信了。这首曲子中,本来就有那么多奇妙的突变,比如第一乐章230小节,在音型类似的情况下,由强突然变弱,好像山峰突然坍塌或者烈焰突然烧尽。其实,钢琴上能做的有限,很少有人能把强弱表达得那么理想,贝多芬到底还是抽象的。但我猜他一定是在对应某些心理图景,他目睹过什么,然后决心把它还给世界。这样说来,总会有人去辨别那个升A和还原A,世上总有一个角落,因为这一个音而不同。

我近年来愈加喜欢大而长的作品,尤其喜欢漫长而激烈的。其实我自己的耐心和注意力都很差,得认真逼自己才能坐住。为了理解它的结构和和声,我的确小心尝试弹一些骨架和片段,当然这跟正式弹奏有天壤之别。即便如此,每次坐在琴旁试着练习几个小节,只能叹息一声"要出人命"——贝多芬为何这么"仇恨"人类? 在网络时代活得越久,我就越理解精神长时间集中的难处和妙处。这种妙处和"小确幸"相反,甚至跟快乐和幸福无关——我们这个时代,是多么崇尚快乐和幸福啊,它简直能融化一切抵抗。可是,我们也没忘记过对"不快乐"的纪念,因为这个世界到底还是不快乐的。钢琴家和这首曲子的关系,在我看来能比拟的,是你站在孤船上跟大鱼的纠缠,大鱼挣扎时的震动,都嵌进你的手心,你不一定能描述它,因为这是你跟大鱼之间孤独的对话。你也不一定有力气去记录这个过程,因为你自顾不暇,随时都可能坠入海中。危急、焦灼、深渊在即,这就是我对音乐会中演奏过程的想象。

在贝多芬之后，"长"已经不新鲜了。阿尔康为独奏钢琴写的"协奏曲"五十多分钟，再晚些的艾芙斯的《康科德奏鸣曲》与之相仿，刚刚去世不久的斯蒂文逊(Ronald Stevenson)的《帕萨卡利亚》则有一个多小时。我知道他们的作品，不会有人追在后面，为一个音符的升降号大动干戈，但对这样的音乐家，我一律很敬畏。贝多芬的世界，坚硬而孤独，让人摸不到，只能在它的反射下小心地观看自身。其他作曲者的世界，无论有多少人追随，其间的孤独和心智的付出都是相仿的。我是个迟钝的听者，又听又读又弹才能略微明白几分，把乐谱和书籍翻旧才稍稍知晓味道，其实我只希望自己有一天能够专心地听完这些"一个小时的孤独"。

二 说吧，记忆

贝多芬的 32 首奏鸣曲里，我最喜欢俗称"锤子键琴"的这首——作品 106 号。开头四小节内几个四六和弦，好像一块彩色玻璃，你透过它能看到很多诡异的情景，你分不清那些幻象属于它还是属于世界，那光芒来自被它照耀的全曲，还是它自身的火焰。它充满弹性，瞬间遮蔽天幕。我每次听到这头几个音，都觉得贝多芬的世界果然比我们的世界大一号，一直吸引我看下去。好的音乐把生活和声音融合成新世界，这对任何音乐都成立。只是因为那几个深而浓的和弦，我总觉得它一直照穿了后面几个乐章，好比未来终将回应原初。在我的幻想中,这首50分钟左右的曲子好比一个深长的隧道,然而每个环节都携带着开头的微光,因为我一直都记得那几个强大的和弦。

对贝多芬的奏鸣曲一旦感兴趣,总是躲不开许许多多的研究资料,从乐谱版本到演奏操作。我对某一类争论印象很深:某个曲子某个乐章(比如"悲怆"第二乐章后)应该反复吗?在哪里反复?贝多芬在世的时候,奏鸣曲已经印过不少版本,有的有反复记号,有的没有,即使贝多芬签名的手稿,也未必表明是最终的权威。我非常理解这些问题的重要,也尊敬各种意见背后的努力。在奏鸣曲中,贝多芬刻意于结构,而结构不正是靠反复或者略带变化的反复来呈现的吗?结构本身就是一种声音,而它倾诉的对象是记忆。但对于"反复"的追寻,又给我增添了新的疑问:贝多芬的"目标观众",是读者还是听者?

我自作主张地把接近音乐的方式分为基本的两种,一种是"听",一种是"读"(包括连听带读)。前者的主体是音乐爱好者,后者包括作曲家、演奏家以及细心读谱的爱乐者。听和读,是相当不同的途径,前者受时间左右,获得的是立体的声音以及被记忆涂抹的印象;后者是"线性"的,甩开了时间的羁绊,可以随时反复,甚至把声部细细切开,随意组合——这正是一个弹奏者学习音乐的基本方式。在默读中,作曲家对时间极度的操纵脱落了,音符碎成一地。重复不再重要。空间则膨胀起来,一个低音声部可以放大成主导,一个和弦可以掰碎,一个句子也可以缩成和声骨架。当然,音乐最终是给人听的,音乐家总还是在乎作品在时间中的效果,比如主题的长度和过渡的长度各自几小节,以及它们嵌套的微结构的长度(所谓复三部)……除了反复,休止

102

符也在陈述，它依赖记忆，也依赖音乐进行中的实时的呼吸。但是，它肯定不只写给听者。无论调性的变迁、回环，还是赋格、卡农的架构，都不可能只靠倾听来获取，那属于阅读的探险、心智的游戏。音乐的生成和接受，总是错开的，音乐在"错"的途中，在海市蜃楼里反射。

我常常想，因为听与读的不可分离、相互作用，音乐在某种意义上也许就是挑逗记忆的游戏。对形式感鲜明的音乐，要记住主题才能感知其变化，尤其是一些微妙的扭转，往往一个和弦的变形，就是对记忆的呼唤和抵抗，只有足够敏感的天才才能捕捉它。音乐史上记载的常常是破坏原有形式、创造新形式的人，不过，那些保持、沿袭原有形式的作品，也同样有意思。比如在巴赫之前的布克斯特胡德，赋格严守规矩，转调棱角分明，犹如教科书。阅读他的时候，我的心情放松下来，知道自己正埋在"形式"的土壤里，舒适地养育一些习惯，让它在时间中深深扎根。我也正在为以后准备惊奇，比如巴赫那些极为紧凑、信息高密的音乐，听者不能丝毫走神，不然就丢失线索，不知道巴赫在张扬什么、压抑什么。学者伯格（Karol Berger）有本大著《巴赫之循环，莫扎特之箭：论音乐现代性的起源》（*Bach's Cycle, Mozart's Arrow: An Essay on the Origins of Musical Modernity*，2007），说的是这样一个有趣的论点："巴赫时代的音乐，往往以循环结构为本，因为意指永恒，现在即未来，从阿尔法（A）到欧米伽（Ω）；18世纪后期比如莫扎特开始，结构开始有了'移动''敞开'。时间飞驶，再无归来。"他举的例子包括巴赫的《马太受难曲》开头的合唱，它的结尾把两种类型的材料混合起来一同呈现。伯格认为巴赫有意地回避未来和过去，

103

而是令"当下"的截面呈现所有并定格于此,他相信这就是巴赫的理念,巴赫用无声的结构强调信仰。伯格也提到了贝多芬的"锤子键琴"奏鸣曲,认为终曲虽含赋格,但赋格常被远关系调的声音打断。与我的幻觉不同,伯格强调的是"苏醒""离别",这才是贝多芬的调子,他制造区别,不甘对称,他是伯格笔下的流浪者,而西方音乐自贝多芬后,再也无法回归圆满,再也不能终于静止。

我想,这一切,无疑仍然依赖人的听与读,那强韧的记忆之力。无论巴赫的时代还是瓦格纳的时代,但凡有"构"之物,并且是鲜活的"构",都很难消费,因为它们跟记忆互相斩杀,有胜有负,从未终结。众人努力把自己的心智造成载体和轨道,才能让音乐顺利行驶——音乐和记忆互为风景,互相观看。

琐记巴杜拉-斯科达的贝多芬

最近收了巴杜拉-斯科达(Paul Badura-Skoda)的《贝多芬钢琴奏鸣曲全集》[1]，每天都听，觉得颇有味道。此人本来就是一个让我耳熟能详的名字了。这个出生于 1927 年的奥地利老钢琴家，有着太长的生涯，录过太多次贝多芬和莫扎特，二十多岁就跟富特文格勒、卡拉扬合作过，后来又经历乔治·塞尔(George Szell)时代，在录音方面则见证了 LP(慢转密纹唱片)的发明(出道好早!)。天才、幸运、稳定兼长寿，他跟老友德穆斯(Jörg Demus)在一起，简直是维也纳老钢琴家的活化石。

新入手这套贝多芬奏鸣曲全集，录制于 60 年代末年，其独特之处之一是它用的琴——贝森朵夫(Bösendorfer)。此琴上的贝多芬全集，我确实第一次听到，一开始感觉音色怪异，似乎有点像早期钢琴，还以为是录音的问题，仔细看了琴的信息才恍然大悟，倒是越听越喜欢。

---

1 该录音录制于 1969—1970 年，厦门标旗文化传播有限公司制作于 2014 年。

巴杜拉-斯科达一向是贝森朵夫琴的狂热支持者,大量贝多芬、莫扎特、舒伯特以及重奏的录音都在此琴上录制。在贝多芬的时代,钢琴种类五花八门,历史行至二十一世纪,施坦威已经一统天下,不过还有那么几个牌子屹立在那里,极昂贵的贝森朵夫是其中之一。这个牌子由十九世纪维也纳人伊格纳茨·贝森朵夫(Ignaz Bösendorfer)所创,在通常的 88 键上又加了几个键,比如这个录音所用的 Imperial 型号,有 97 个键。当然,现代的贝森朵夫琴也历经了沿革,总的说来,它的歌唱性和颗粒性平衡得很好,音色绵厚丰富,尤其是,各个音区的音量、音色很均一(这一点我体会很强烈)。

贝森朵夫琴制造商有一个特别的荣誉——贝森朵夫指环,奖给延续维也纳传统的杰出演奏家,也借此自推,给世人看多少大师跟这个琴有联系。从小就弹贝森朵夫的巴杜拉-斯科达在 1978 年获得了这个指环,他之前是巴克豪斯大师,另一位贝森朵夫琴拥趸。不得不说,演奏家趁手的琴,好比一种信仰。巴杜拉-斯科达应该是口味略旧、一生正统的维也纳老派人物,对所爱之琴也如此一以贯之,并不奇怪(布伦德尔也有此琴,但并不常用它录音)。有心的读者,不妨比较一下他与巴克豪斯的演奏——他们本来就有差异,不过因为琴的相似,听者更容易捕捉他们在音乐表达方面的不同。

而他虽然发表了不少研究文章,还出版过《巴赫的诠释副标题》(*Bach-Interpretation: Die Klavierwerke Johann Sebastian Bachs*)一书,但并没有"我怎样弹贝多芬"之类的表述,除了对车尔尼《如何演奏贝多芬》的编订——看上去述而不作,其实这个编订是同行躲不开的重要参考。而我作为听众，见到大师们各自的演绎，多么希望诸位在出版 CD 的时候，也随附一套"自辩"，解释音乐背后的想法。尤其是贝多芬的音乐，本来就充满"为什么"，演奏者要在处理的逻辑性上花费大量心血。我相信大师们（现场除外）一般不会犯很低级的读谱错误，但他们可能用了不同的版本或者对音乐有特别的见解，这种地方一概被听者视为"错音"是很可惜的。

对我来说，记录一整套贝多芬全集的听感会很痛苦，因为贝多芬的作品本来就极为多样，反映在演奏家身上也十分芜杂，很难概括。在这里我只能触及几首自己最喜欢的作品，谈不上版本比较，只是记录一下自己能感知、能表达的亮点。

一 Op. 106（锤子键琴）

这首 50 分钟左右、密度极高的曲子，简直把演奏者和听者都拖垮了。第一乐章的速度标记，是所有钢琴家心头永远的痛。贝多芬自己标了二分音符每分钟 138 拍，演奏家不好置之不理，但照办又很荒唐——虽然不少名家都极力证明贝多芬自己标的速度不容忽视，可是我怎么也无法说服自己的耳朵去接受原速。大概只有施纳贝尔做到了"接近"，音乐已经疯狂得神经质，我无法想象贝多芬倾注两年时光写成的作品会是这个样子。吉泽金（Walter Gieseking）的速度紧随其后，也因过快而显得草率。巴杜拉-斯科达的速度，自己说是比贝多芬原速慢了 10％到 15％,在我听来还是有点快,后来的巴伦博伊姆弹到八十几拍(力主原速的查尔斯·罗森一定觉得忍无可忍),我才觉得比较妥当。此外,我觉得如果巴杜拉-斯科达在 poco ritard.(稍慢)的段落,慢得更充分一点,会更合我心——不过这应该是他的主动选择,他在各首曲子中的 poco ritard(渐慢)都很谨慎节制。总体上来说,他的处理实在是天衣无缝,尤其是强弱相间的段落,不知是因琴之助还是手下太熟稔,我真是很难找到比他更能一字不差地对应谱上标记的了(我主要依据申克版乐谱)。第一乐章的呈式部的第 31 小节后,有种渐渐遁入太空之感(虽然音乐才刚刚开始),而展开部、再现部充斥强弱相间的段落,那种从饱满到坍塌,从白热到暗哑的波澜,层次分得很细。巴杜拉-斯科达本人在早期钢琴上也录过此曲,虽然值得一听,我个人还是觉得这个曲子不太适合早期钢琴,它应该拥有高度的 sonority(音响)。施坦威不用说,成败之处音乐学家们已经论述过,我觉得仅就此曲而言,略近早期钢琴的贝森朵夫琴是一个很好的折中。

这一点,在第三乐章慢板中更明显。再现部中,有大量缓慢高亢的三十二分音符,如同女高音的大段宣叙。他在早期钢琴上的录音,突出了线条,但总体更像钢笔画,笔触太细了。而这个贝森朵夫琴的版本,则是少有的完美和精彩。那种深慢、充足、宽广、气息丝毫不泄的境界,实在惊人。这是贝多芬奏鸣曲中最漫长的慢板乐章,它所要求的精神高度集中和手段的逻辑完整都给演奏家提出了至难的课题。他仍然在强弱处理上体现了化境般的控制,精确而又自然。有时我的心提到嗓子眼,凝视着他如何接续,如何走出,不过他一定想在听者的前面,步步准备着破解之道。贝多芬给人设的局可真不少,比如第二乐章末到第三乐章始,和弦是同一个,但既要让听众感知到联系,又不能连着演奏,这样的地方很多,听众可以听不出来或者忘记线索,演奏者却不能不想到。第四乐章的赋格更是如此,顺便说一句,擅长巴赫的古尔德弹贝多芬有时是乱弹,但他弹这个硕大的赋格还真有不一样的气场,大约是自身波长跟这音乐一致了吧。对这个赋格,我是听了无数遍才琢磨出点味道——各路神仙有自己的想法,从里赫特(Sviatoslav Richter)的近于夸张的浪漫幅度、席夫(Andras Schiff)的温和典雅再到巴杜拉-斯科达刀刀雕刻般的精细解读,我已经谈不上判断的力量了,在这样癫狂的赋格面前无所适从。只有听到 250 小节新主题进来那一刻才收拾起一点力气,让自己回到略"正常"的赋格思维。这是作曲家和演奏家的"手谈",外人只好退后一步。经典面前,真是很难不感慨自己的渺小。

二　Op. 57("热情")

　　这个曲子某种程度上是"典型"的贝多芬,它的黑暗、悲壮以及裹挟泥石流般的激越,已经能代表贝多芬的大部分特质。这首作品之后,贝多芬接连四年没有写钢琴作品——当他回到钢琴的时候(下一个钢琴奏鸣曲编号 Op. 78,写于 1809 年),已经是一个不同的贝多芬了。"热情"中的贝多芬,几乎不再重现。一般来说,音乐家谈这首曲子,总会从第一乐章那无处不在的拿坡里和弦开始谈。从音乐旋律的外在形态来看,"三短一长"的半音下行主题倒更易捕捉。两个简单至极的主题引向大开大合(两手隔两个八度),贝多芬不怕中音区空洞,就像他不避主题的极简。

这个曲子,精彩的演绎太多。老实说我对施纳贝尔、巴克豪斯以及费舍尔(Edwin Fischer)等人没那么膜拜,对古尔达感觉也不强烈,倒是更喜欢里尔(John Lill)这个名气不高的大师以及巴杜拉-斯科达。这两人有点相似之处,都是极为严谨,气象宏大开阔,而没有(或者说不需要)炫耀自我的意思。斯科达弹到第三乐章末尾的 presto(急板),因琴之助,左手线条冰雪剔透,右手密集的音符如小针尖一般,那种能量的集中,让听者也不得不收拾起自己的全部注意力去面对。这一点,我大概听听的时候并未觉察,后来仔仔细细看了谱子才有所感。就音乐本身来说,我特别喜欢 300～310 小节十六分音符的乐段,它狂躁、偏执、铁血,让人想起以后浪漫派(比如舒曼)的神经质的重复。后来到白热化的 presto,我暗暗用它来判断一些演奏者,真心觉得像巴杜拉-斯科达弹得那么"优质"的不多。他在这样高亢的段落仍然不弃层次性,最后回到 f 小调的时候把结构明明白白勾勒好。我猜,贝多芬自己恐怕也未必能控制得那么灵巧,甚至他自己可能弹得粗糙得多,他毕竟是个即兴者。不管怎样,巴杜拉-斯科达不是作曲者,也不是创作欲强烈的古尔达,但他把理想化的贝多芬清清楚楚带到我面前。

图为第三乐章 300～310 小节。

三 Op. 101

这部作品算是一个形式上的探索之作,比如前三个乐章形成一个循环曲式。一般的说法是,这首跟贝多芬大提琴奏鸣曲 Op. 102 之一基本同时写成,分句的方式和旋律形态都很近似。我印象深刻的是第一乐章的"无调性"——快到结尾才露出 A 大调主音和弦。调性的模糊和破碎本来很平常,从巴赫时代就不鲜见,不过,把主音上的和弦藏到最后,应该是一种有意的革新吧。难怪据说这首曲子是瓦格纳最喜欢的贝多芬奏鸣曲。此外,罗森指出舒曼的《C大调幻想曲》的第一段,在这一点上与之类似,各个调不安宁地穿越,跟听者有一场"心理战",到最后才确定到主音。而第四乐章展开部中的巨大赋格,恐怕只有 Op. 106 中的赋格才能超越。贝多芬喜欢在终曲中加一个赋格(莫扎特也如此),晚期几乎每首中都有,而它常常是全曲中的一个有机部分,把热情和形式的理想化都交代到极致。

第一乐章充满小连线和六度的呈示部实在太像后来的门德尔松了——应该是门德尔松从中获得了一些现成的样式。但贝多芬通常不会像门德尔松那么轻盈流畅。我注意到一个细节:第 14 到 17 小节中,若干三连音中的第三个音标了顿音记号,而在包括里赫特、波利尼、吉列尔斯等大师的演奏中,唯有布伦德尔和巴杜拉-斯科达是用心把每个都做得清清楚楚的。

在信息密集的第二乐章"进行曲"之后,到了安宁的第三乐章。它的表情符号十分诡异:sul una corda——弱音踏板,锤子只击一根琴弦。当时的钢琴,可以让人选择锤子接触一根、两根还是三根弦,而现代钢琴没有这个选项,只能同时击三根,但钢琴家们踩了弱音器尽力去做,效果应该很接近。有一次,我听颇有名气的早期钢琴家布劳提冈(Ronald Brautigam)弹这首曲子,感觉松弛得完全不对路,从头到尾都是敲击,令我十分诧异,而他使用的琴是维也纳的格拉夫(Graf),有弱音踏板,应该可以接近贝多芬的要求。而巴杜拉-斯科达弹这个乐章,声音深暗不见底,把那种柔静而充满起伏的韵味表达得淋漓尽致,让人大气不能出,接续到后面的急板,则迅速爆发出全部能量。一般来说,巴杜拉-斯科达并不太追求极端,在这里也算特例了,大约这个作品本来就十分奇异,无论怎样也难让它"归顺"吧。

　　贝多芬钢琴奏鸣曲版本实在太多,我有个深通音乐的老友,竟然收藏六十多套全集。我自己在零零星星的体会中,以个人观感把演奏家分成两类。一类是仅凭倾听而喜欢的。这类人大多激情昂扬,幅度巨大,灵感迭出,把精彩之处张扬到极致,感人至深,让人可以忽略其中的不完美。里赫特、巴克豪斯、费舍尔、吉列尔斯(Emil Gilels)等人都属这一类。另一类是在读谱中慢慢接受的。他们的精彩显露得很慢,常常以精准为先,不一定让人记住哪个特别的段落,也没有很多明显的神来之笔。但长久听下去,跟谱子对照的恍然大悟和惊喜会越来越多,而他们对音乐的研究、辨析也是重要的财富。布伦德尔、巴杜拉-斯科达都属于这一类。也许会有人说巴杜拉-斯科达有点学究气,不过我觉得能把贝多芬的气质理解贯通得这么自然,学究又何妨?此人专业生涯极长,早期、中期时也是众人追捧的文化名人,因为那时的古典音乐演奏是欧美社会中吸引关注的大事。时至今日,古典音乐有些边缘化了,他们的地位也渐渐遁入历史了。而我对这类人物别有好奇:经历了这么多年风风雨雨,到头来是不是把贝多芬的秘密连同世态炎凉都看透了? 或者,他们还生活在过去的世界里,免疫于这个互联网的社会。看上去,巴杜拉-斯科达仍然兴头不减,在古钢琴、现代钢琴上继续弹经典——他弹莫扎特、舒伯特,我一律很喜欢,多数时候仅凭独特的琴声就能分辨。2014 年,他还出了一张特别的唱片:在 19 世纪 20 年代、20 世纪 20 年代和 21 世纪造的琴上分别演奏舒伯特的钢琴奏鸣曲 D. 960,录到一张唱片上供人对比,这算是玩到极致了吧。

而贝多芬之旅,确实是惊奇不断(我渐渐理解有人说贝多芬至今仍然是先锋派),当然这也适用于世上任何复杂之物,它们跟人生都有镜像和对应,但也不可能完全呼应,总有堵塞、不随心意的时候,让你的期待付之东流。我听贝多芬就有许多迷茫和厌倦,比如对 Op. 101 的"进行曲",至今也不能很好地吸收。其实,原作也好,某个演奏家的演绎也好,它自己就是个独立的存在,跟你的关系是动态的。你要敬畏它,也要允许自身的呼吸,要去诚实地倾听。多年以后再来听,彼时的无助和无知都会在回忆中涌现,而我愿意去面对那个不断生长和丧失的自己。

参考文献

1. *Thematic Patterns in Sonatas of Beethoven*, Rudoiph Reti, Da Capo Pr, 1992.

2. *Beethoven's Piano Sonatas: A Short Companion*, Charles Rosen, Yale University Press, 2002.

3. *Music, Sense and Nonsense: Collected Essays and Lectures*, Alfred Brendel, The Robson Press, 2015.

4. *András Schiff Beethoven Lecture-Recitals*: http://wigmore-hall. org. uk/podcasts/andras-schiff-beethoven-lecture-recitals, 2005.

5. *Playing the Beethoven Piano Sonatas*, Robert Taub, Amadeus Press, 2003.

加德纳和巴赫

英国指挥加德纳(John Eliot Gardiner)拍过好几部跟巴赫有关的纪录片,大多和巴赫的康塔塔有关,而且是典型 BBC 风格:听众随主持人的线索,边游历边听讲。主持人有那么一点搔首弄姿,一点活灵活现,尽力以亲临其境的方式,建立今天和历史的联系。加德纳拍的这些历史纪录片,我但凡能找到的都看了(也目击加德纳从一个中年绅士变成七旬老人),觉得比完整演出更吸引我,因为它们展现了音乐形成的过程,而不是交代一个完美的音乐成果让你说不出话。当然加德纳也在历史叙事中试图追寻巴赫的秘密——答案存在吗?这显然并不重要。我不断地在他的话语中读到互相矛盾的说法,倒因此钦佩他的诚恳。

加德纳是个身体力行的巴赫迷,这是我最看重他的地方——而他竟然是剑桥历史系毕业生,拥有硕士学位!他后来成了指挥大师,也算奇人一枚。当然,出身于有教养的富家,给了他一些独特的条件,并且父母都是个性强烈、自有主张之人——父亲是英国历史上有机农业的先驱，加德纳至今都拥有大片有机农田。二十出头的年纪，他就组建了蒙特威尔第合唱团，缓慢地取得一些声誉。2000 年，他带团在欧美巡演巴赫康塔塔，每周一首，并留下《巴赫康塔塔的朝圣路》这部花絮纪录片，当然真正的产品是沿途录下的巴赫康塔塔集。最近拍的一部纪录片是《巴赫：激情人生》(*Bach: A Passionate Life*)，反响不错。不过，对巴赫这样生活乏味、留下资料不多的人，我并不期望一个全新的巴赫破壳而出——那真的很可疑。巴赫的"激情"还用后人提示吗，音乐难道不是最好的证明？

片子是用心之作，有不少意味深长之处。比如说到巴赫的莱比锡，周日教堂里都坐满了人，会众可以带狗来，甚至可以牵猪来，因为要顺路去市场。教堂不欢迎家畜，但得雇人驱赶。人们在教堂里调情、作秀、看戏、扔纸头。我自己则在本地教堂里参加过有人带狗的礼拜（那是极特殊的日子），音乐和布道声常常被狗叫声打断，众人哄笑一片。无论古今，教堂是个社区，其中的生活无非是些家长里短，礼拜结束时是社交的开始，大家津津有味地交换邻里的流言。当年巴赫的管风琴音乐和康塔塔，就是在这样的情景里进行的。在今天的演出中，这些背景都被滤掉了，我们看到的巴赫音乐，要么是在巨大的音乐厅，要么在电视上，天堂般宁静的教堂里，乐队、合唱团下面，是屏住呼吸的中产阶级听众。我常常想的是，在巴赫的音乐里，历史一会儿搭起破败的砖瓦，一会儿换了道具，舞台上花花绿绿起来。魔术师就这么开玩笑，其间几代人唰唰老去。脆弱的人生看不全几场戏。

这部片子涵盖的内容不少,难得的是强调巴赫的"谜语"爱好,比如把 B. A. C. H. 四处镶嵌,又比如把赋格写成"回文",颠倒过来仍然是音乐。他应该会期待解谜者吧?两三百年里,有个问题折磨着巴赫的听众:他到底怎么看自己的作品?有人说巴赫完全没想过传世这码事,因为那个时代,"著名作曲家"这个职称还未出现,巴赫的康塔塔,就这样写给一个极小范围内,并不一定理解他的听众。教堂演出中,隔代的音乐并不是主流,多数时候是现写现演;也有人说巴赫是做好了"被怀念"的准备的,你看他的画像和签名,都让人读出傲骨。

片中我不喜欢的是对巴赫的一些"心理分析"——这在片中还占了不少篇幅。比如提到巴赫少年失怙、在学校打架逃学的经历,以及后来和雇主的争吵。加德纳请来一个心理学教授来分析,她指出巴赫这种"凡事指责别人"的性格和少年经历的联系,并拿来心理学课本朗读名词定义,加德纳表示十分同意,并且得出巴赫性格的倔强叛逆甚至近于贝多芬的结论。而我觉得从有限信件上显得"抓狂"的字句来推断人的生活,比今天在 BBS 上根据几句留言来臆想他人还不可靠。我甚至不敢肯定巴赫时代的孤儿经历,跟今天的孤儿经历是否完全可比,因为彼时的少年失去父母比今天常见得多。可以理解的是,巴赫的乏味人生,为后人提供了巨大的臆想空间,而我在种种巴赫传记、考古面前向来有着比较警觉的防卫。

这只是我个人的判断,并没有损害我对加德纳的感觉——他只是太爱巴赫,太想寻找巴赫了。他不是那种埋头琴房死抠技术的独奏家出身,其早期音乐训练主要是参加和指挥合唱,而且合唱贯穿他整个职业生涯。这种自然、有机的正常生活在当今的著名古典音乐家中显得特别，或许倒让他跟巴赫有天然的接近（这也是我的臆测）。在和音乐的关系上，他不是那种埋头音符、拒绝交流并声称"音乐不必讨论"的古典音乐家，而是珍惜文字和历史线索，并愿意把历史感、现场感传达给听众。最近，加德纳出版了《巴赫：天堂城堡中的音乐》(*Bach: Music in the Castle of Heaven*)一书，是一本新的巴赫研究，我没打算在其中发现惊世骇俗的巴赫故事并被说服，我只是期待一个巴赫迷的倾诉和感染。或许那就像任何对经典的解读，只是让我更了解加德纳其人而已，而音乐终将把各种人生、阅读和倾诉的狂欢收集到一起，这是音乐的宿命。

加德纳和他的巴赫书

一　加德纳的故事，及一本美妙的巴赫之书

　　英国指挥加德纳的巨著《巴赫：天堂中的音乐城堡》是一本关于巴赫、巴赫的康塔塔，以及巴赫指挥康塔塔的历程之书。世上关于巴赫的书，仅就康塔塔一个门类，就已经数不过来，本书独特之处，不仅是作者亲力亲为，充满有人情味的"偏见"，还难得在对资料搜集得很细。其中不少是远早于巴赫时代的，中世纪历史碎片，虽非作者第一次提出，但这种生动有机的联系，对我颇有启发。作者身为活跃多年的合唱指挥，大学读的却是中世纪历史，追索细节之时有种眉飞色舞的兴奋。我自诩对关于巴赫的史料还算关注，平常见到眼生的东西会好奇一下，而本书中种种细节的披露，不时让我先怀疑后信服，忍不住把书后的索引捋了一遍，注释和年代表都读得津津有味，就此给自己的书单增添了一些成员。

20世纪六十年代,二十多岁的加德纳还是个热爱音乐的历史系毕业生,受过点音乐教育(他自己说小提琴拉得"惊人地一般"),最喜欢的是唱歌。毕业后,他花了一年半时间考虑未来,最后打算试试在音乐方面有没有潜能,跑到巴黎跟著名音乐教师布朗热(Nadia Boulanger)学了两年。跟别的学生一样,被严格的老师修理得遍体鳞伤,"她常常让人站在众人面前,受尽羞辱","她说我的和声作业是个'没有名字的悲剧'"。可是老师教会了怎么倾听,怎么清晰地思考四声部。"那两年的折磨后来才发现太有帮助了,让我避免了很多职业道路上的尴尬。"靠着热情、拼命补课的精神和小心的摸索,他组建的蒙特威尔第管弦乐团和合唱团坚持下来了,而且十年之后,管弦乐团把乐器换为早期乐器,名字改为英国巴洛克独奏家乐团——用加德纳的话来说,换乐器好比重学一门语言。就这样,一个业余出身的人,竟然挤进充满学术气味的早期音乐界,并且活跃了几十年,真是奇迹。

　　书中说到制造音乐的过程,器乐演奏者必须熟悉歌词和表演的效果,才能让自己的句子很好地生长。"这是'化学反应'开始之处。好像烘蛋糕,先要称重各种配料,比如面粉、糖、奶油什么的。不过合唱团的成分是活人,难处在于每人都能'有机'地配合全体。""音乐家要聪明地安排好空间,这样声乐和器乐线条都能有一点斡旋余地,造出自己的'微结构'。比如大段的小提琴和女高音对话的时候,一些细小的装饰极为重要。"可是,你等到音乐的整体开始显现的时候,才能谋划这种安排——真是个无奈的循环!世上许多事情都如此吧,一边生成一边规划,然后经历无限多的调整周期。加德纳不是演奏家,跟巴

120

赫的键盘作品没有那么亲切入骨的关系，但"乐团"这个乐器让他过足了瘾，那是调配音乐与人格的艺术，尤其是，声音与人性的爱情。

加德纳说自己是个以直觉为主的音乐家，书的格局也非正史，有拼贴的味道，不过考据功夫令人叹为观止，当然也是站在前人肩膀上，比如受学者沃尔夫（Christoph Wolff）影响极大。跟音乐学家特罗斯金（Richard Taruskin）一样，加德纳把这几个1685年左右诞生的伟人称为"85级"——最著名的是巴赫、亨德尔、斯卡拉蒂、拉莫这几位巨头。对比巴赫和亨德尔，用加德纳的话说，亨德尔的主题是爱、愤怒、忠诚和权力，而巴赫是上帝与永恒，两个伟人的道路清晰分开。而"85级"的话题延续到最后，对比几位在六十岁后的创造力，巴赫几乎是唯一活跃到底的人。后人总难免追问巴赫的"基因"从哪里来，加德纳对这个问题不遗余力地拷问，从巴赫前几代开始，直到兄长、表亲等等，虽然注定是徒劳，倒是描画出一幅凡人音乐家的生活画卷：巴赫们努力工作、挣扎求生，仍难免贫困，一代代就这样不断寻找和等待机会。虽然是音乐望族，到底凡人居多，如同任何群体一样。而我们这位巴赫，虽身处启蒙时代，但因环境偏僻闭塞，从小受的教育十分偏狭，离理性、科学都有着遥远的距离。

巴赫的一生，波澜不惊，但世上其实没有过真正的太平，顶多有过一些隔绝。他的童年是在图林根度过的，这里安静而封闭，远离欧洲的启蒙运动，宗教感极强。当地树林成片，跟树相关的传说、迷信很多。"十五岁的巴赫拿到教堂奖学金的时候，他也许就这样跟伙伴唱歌壮胆，穿越密密的丛林，走向百英里以外的桑德斯豪森的教堂。"加德纳写道。在当时的时代背景下,路德宗往往被视为保守,比如路德本人就极力反对哥白尼的日心说,伊拉斯谟不无偏激地说,"路德宗所到之处,科学常常被毁灭"。

至于巴赫本人的人格,不少读者知道他脾气不好,跟雇主矛盾不断,但这在世代为宫廷和教堂服务的巴赫家族中,一直常见。书中有一章"不可救药的乐长(指巴赫)"专门讲巴赫与世界的冲突。加德纳挖出来巴赫小时候的学校记录,打架、逃学、受人欺负都是家常便饭。成年后,生存环境也很严峻,比如在莱比锡,要穿梭于宫廷和教堂,不能慢怠任何雇主。当时有一位小号手,也是同时服务多位雇主,每次请辞职位都会招来一顿鞭打,最后终于离开了职位,竟然被宣布为罪犯,大公还威胁性地吊起一个假人以示愤恨——宫廷雇主的意志,就可以这么强大。而这个倒霉小号手的主人,恩斯特·奥古斯特(Ernst August)公爵,也是巴赫的主人。巴赫身处这样的压力之下,胆子仍然不小,有一次刻薄地讽刺了一个巴松手,之后那个家伙带人在菜市里等巴赫,最后发展成群架。两方告状、吵闹之余,久已"让学生不满"的巴赫还是吃了些亏。平常,那些跟巴赫上课、帮着抄谱的学生,常常抱怨四周混乱肮脏,无法集中精神。而巴赫就在这样的环境里工作了多年。

二 巴赫的康塔塔

康塔塔,一直是我最喜欢的巴赫作品门类。过去听得粗糙,但也能感知到好处。因为数量大（现存有二百多首），我略熟悉的也不到一小半。它们在貌似雷同的结构之下，有着那么丰盛、细致的生命，灵感奔涌不息，无穷无尽，而这都是在工作的高压之下写出的。《马太受难曲》的背后自然有着复杂的背景、精致的结构，哪怕我用最粗糙的方式去听，大脑自动屏蔽了其中的智性，还是能记住很多东西。合唱的段落中，动辄山花怒放、山泉奔涌，复杂音乐往往显现一幅幅天真烂漫的快照。我和不少人一样，也会在平板干枯的宣叙调（recitative）中不耐烦，在弦乐缠绕的咏叹调（aria）中迷醉而不能自拔。常见的段落是，有质感的小提琴声盘旋前行，如同细细堆积的蜂蜜（巴赫的意图是，用它来象征耶稣头上的光环），而双簧管、长笛或者短笛风一般的轻啸好比在天穹开启孔洞。温和宽大的众赞歌响起的时候，我会想起很多迷幻、泣告、色彩斑斓的瞬间。

在基督教传统中，"循环"概念很重要。而巴赫所属的路德宗，对年中各节日所定义的日期，区分得更细致。一年的时序往往按几个重要的纪念日来分割，比如三一节后第几个周日等，看似不精确，毕竟每个日子都有自己的坐标和平静归属——时至今日，教会仍如此指称日期。"循环"在巴赫这里也是个根本概念，往往成为一种"变化"与"依托""回归"的表达。所以他喜欢设计成套康塔塔，而一套之中，有时是两个或者三个成一组，形成一个小单位或者小套曲，用现在的话说是"小宇宙"。试着猜测巴赫当时的想法，可能是表达"哀恸有时，跳舞有时"的信念。这样永久的周而复始，跟今天的教会也是相通的。

巴赫打算写五套按一年时序安排的康塔塔，每套都从三一节开始,并且每一套都包括一个受难乐,不过最后只写成三个完整的周期。第一个周期密度极高(1723—1924年)并且最完整,平均几乎每周一首。跟巴赫长期合作的作词者,包括皮坎德(Picander,原名亨理奇〔Christian Henrici〕,《马太受难曲》的词作者)和弗朗克(Salomon Franck),如今知道的人不多。后来,巴赫的一部分康塔塔散失了,是皮坎德留下的词作供给人一些蛛丝马迹。巴赫的笔下,歌词和音乐有怎样的关系?按加德纳的说法,巴赫对歌词很在意,也善于软化教条的文字。有时,歌词语气强烈而简单,如同棒喝,但接下来总有温柔婉转的音乐来缓冲,让漩涡慢慢扩大而消失。对教堂音乐家来说,选择文字的禁忌很多(今天的教会亦然),巴赫也常常会跟"审查人员"捉迷藏。只是,歌词文字的微妙时代感和巴赫的独特选择,对我们普通读者来说,恐怕是难以体会了。

写作莱比锡的第一套全年康塔塔时,他三十八岁左右,大型作品第一次在莱比锡教堂亮相,自己的理念终于能够完整地呈现,故全力以赴。工作需要加自我要求,这种每日晨跑般的耐性之下,诡异的创造力仍然奔涌不息。每个星期,要写二十五分钟左右的新作,并且组织学徒、家人抄谱。加德纳在纪录片《巴赫:激情的一生》(*Bach: A Passionate Life*)中说,巴赫的居所里常有老鼠在跑,而且住着各色人,里面的气氛像个高压锅。关于抄谱,加德纳说了件轶事:巴赫的哥哥去世后,巴赫为了关照侄子,居然解雇了手下最好的抄谱手——前任宫廷乐长、大作曲家库劳的侄子约翰·库劳,让自己的侄子接手,结果根本不得力,巴赫只好火速把儿子威廉(Wilhelm Friedemann Bach,后来也成了作曲家)叫来代替。常常，不耐烦的巴赫只好自己动笔。

粗粗看去，这些康塔塔确实很雷同，又因为常常引用古老的赞美诗，如果从中截取某些片断，跟今日教堂中赞美诗集中的音乐也很相似——如今，我随便翻开一本，就能发现一些巴赫音乐中的熟面孔，尤其那些一用再用的路德所作的诗歌。但假如你肯花时间细看一下，会发现里面各种奇异的音响实验层出不穷。仅仅第一周期的第一首（BWV75），按加德纳的说法，就是一首集许多新鲜手法的惊人之作，开头充满符点音型的法国风就相当罕见。这个"渺小"的、不太为人所知的编号，就容纳了那么多足够让后人著书立说的东西。虽然这三百多首康塔塔，不能说全无平庸之作，但其中杰作的比例、涵盖的音乐内容，举世无双。

书中提到的几首早期康塔塔（BWV4，BWV131，BWV106 等[1]），也是我特别有兴趣的。这几首曲子的总体气质惊人地相似。其中BWV4（《基督被死亡所缚》），巴赫在十几年后改写并重用到莱比锡第一套全年康塔塔中，可见自己的重视。在本书第五章中，加德纳花了很多篇幅谈 BWV4。这部合唱最初写于 1707 年，为复活节第一天的礼拜所用，这时巴赫二十出头。据加德纳说，这是巴赫获得米尔豪森大教堂管风琴师，刚到任后所写（也有学者认为这是巴赫申请职位时所写）。前面说过，巴赫受路德影响很深，而且两人都不断流露出对死亡的感受。路德曾经说，"有生之年，我们应该不断地熟悉死亡，在死亡尚有距离的时日，让它常常在场"。作为教堂音乐家，巴赫常常要写

---

[1] 巴赫的作品号顺序主要是出版顺序而非写作顺序。目前多数人认为最早写作的康塔塔是 BWV61。

葬礼音乐，此外，对曾经是孤儿、成年后参加好几个孩子葬礼的巴赫来说，死亡更是从未远离。在康塔塔中，标题跟死亡相关的就有不少，而 BWV4 最后的合唱旋律，还出现在好几首管风琴作品中。

　　BWV4 的全曲共八段，大致内容是耶稣从死亡的枷锁中复活。除开头的序曲（sinfonia）之外，每段都严格对应路德的诗歌。从第一首合唱开始，各声部轮唱，还有不少齐唱、齐奏，而且每段都是 E 小调，中间也几乎没有转调。这在巴赫的时代，也算"旧式"风格。而巴赫严格跟随路德原作的康塔塔，大约有五十首（统称"圣咏康塔塔"）。它们中有些作品跟 BWV4 一样，对称而单调，音乐往往不断偏执地重复却极为有力和动人。简单偏执而动人，从功利角度来看，这样的音乐是"险胜"，可是这样的杰作，在历史长河中也积累了不少。巴赫虽以复杂著称，但也有不少单纯透明、仅旋律本身就可流芳百世的音乐。至于加德纳，他对巴赫所承的传统也相当熟悉，比如录制过舒茨（Heinrich Schutz）的康塔塔，可以轻松地指出舒茨与巴赫的联系，他和特罗斯金都认为巴赫的早期康塔塔深受前辈舒茨的影响。我因此去听了一下舒茨的一部分康塔塔，因为了解尚浅，担心难免先入为主，不敢妄下结论。不过舒茨的《马太受难曲》中也体现了静水流深的味道，也因为相对的简单，有一种凝视之意，不知这是时风还是舒茨的个人选择。

　　BWV4 其实是激烈流动的音乐，悲喜形于颜色，但我常常感到它表达的是对死亡的放大与透视。加德纳于 2000 年带团在艾森纳赫的圣乔治大教堂中录制了这首作品——选择这座教堂，因为它是路德传过道、巴赫出生时受洗的教堂,加德纳希望给自己的团员带来这种现场感、重现感。在加德纳的演绎中,序曲略"拖"而表达得充分,第一段后半部的快板则峻急局促,让歌手喘不上气。加德纳对它显然偏爱,心得谈了不少,比如他说到在音乐开头的凝重之后,突然转向欢快,好比中世纪的死之舞,死亡的形象既可怖又癫狂。加德纳举出个有趣的类比,这就是伯格曼的电影《第七封印》中的开头,中世纪武士和死神下棋的情景。它奇异而充满暗示,也像一个容器,让人装进无穷的诠释。而这个小调感极强、旋律美艳的BWV4,加德纳说是"魔障"般的音乐,包含着神与撒旦搏斗的日常。它虽以基督为题,但写出了普遍的深陷死亡、末日审判时的无助。第二段的开头,歌声在女高、女中的对话"den Tod ... den Tod"(死亡)之后冻结,这个开头成了全段的标志。加德纳还指出,在"den Tod"的动机再次出现,歌词变为"das macht"(因此)的时候,巴赫有意让各个声部都停在升号(♯)上,而升号在德语中还有"十字"的意思(见下图)。这个"十字架动机"的隐喻,确实是不少当代学者都认同的。

来源:http://blogs.nd.edu/sacredmusicnd/tag/j-s-bach/

对照加德纳自己的指挥，他对这个乐章倾注了很多表达，把各个不和谐之处都刻画得清晰。别的版本各有千秋，我真心希望别的指挥也能用文字"自辩"一下，因为背后一定是有原因、有选择的。

而在这第一周期的高产与繁忙中，巴赫还"抽空"写了一部奇作，这就是在复活节上演的《约翰受难曲》。跑题一下——前不久，我有生以来第一次经历了一场小地震，它很快消逝，但四面墙壁轻微而极深的战栗，让人难忘。《约翰受难曲》（BWV245）的开头就给我这种感觉，那种残酷和阴郁，让人心悸、心动不已。悲哀犹如从地下涌来，无论多么轻微，它不可抗拒，并且波及一大片土地。

而加德纳说，他所知道的 18 世纪歌剧，只有莫扎特的《唐·乔万尼》和《伊多美纽斯》近似这种气质。一个多小时长的《约翰受难曲》，可以谈论的东西太多了，远超本文容量。学者蔡夫（Eric Chafe）在《分析巴赫的康塔塔》（*Analyzing Bach Cantatas*）一书中，在各曲的调性中都找出了象征意义和叙事内容（比如耶稣之死、罗马人的审判），画出钟形图表，令人叹为观止。作为一个《约翰受难曲》的爱好者和加德纳的读者，我还是要谈一下其中著名的咏叹调第 19 和 20 号。两首都用了六根弦的柔音中提琴（viola d'amore）[1]。第 19 号 Betrachte[2] 中的"痛苦"（schmerzen）一词，对应不和谐音（C 与 F♯），而第 20 号 Erwage[3]，它的主题被后人称为"彩虹"形状，而且歌词中"基督的身

---

1 柔音中提琴可以有六根或七根弦，并配有相同数量的共鸣弦，流行于 17 世纪欧洲。
2 得名于第一句歌词。Betrache，字面意为"考虑"。
3 得名于第一句歌词。Erwage，字面意为"想象"。

体"也跟彩虹相呼应。低音用拨弦乐器伴奏,暗喻荆棘。这个咏叹调,不少人认为是巴赫所有的咏叹调中最长、最困难也最优美的,巴赫为了它配备了特别的手段。如今,它常被单独演唱,为了那两把中提琴,也为这个不一般的咏叹调本身。歌词中,"被鲜血浸透的耶稣身体"这种过于具象、充满感官刺激的描述之后,是天空中"彩虹"的比喻,同样喻指基督的身体。据说《约翰受难曲》在教堂里首演的时候,会众都被这样的歌词惊呆了。

上图为咏叹调 Erwage"彩虹形状"的主题。

那么歌词来自何处? 部分来自的德语诗人布罗克斯(Barthold Heinrich Brockes)等人的脚本(包括上文中提到的咏叹调),也有部分直接用圣经中的《约翰福音》,还有一些为路德所作。巴赫对歌词的选择很精心,可见这些大胆的写法,都是他认同的。

当时比巴赫更有名的作曲家泰勒曼(Georg Philipp Telemann)也写了一部《约翰受难曲》,也用了布罗克斯的脚本。他的受难乐,跟巴赫的受难同在莱比锡演出,只不过受众是更大的教堂里,慕名而来的更多的听众。对泰勒曼的受难，听众纷纷表示"深受感动"，四个小时内无人离开。与之对比的是，巴赫的观众少得多，除他自己无人肯在教堂指挥上演。硬币的另一面则是，如今巴赫受难乐的录音满坑满谷，连歌词翻译都版本无数，网上资源多如牛毛；而泰勒曼的受难乐资料不易得，它已经缩进了小众中的小众的角落。历史为我们做了选择，今人连还原都难。

三　康塔塔与世界

　　书中第十二章"冲撞还是预谋"（Collision or Collusion）中，指出了一些巴赫的败笔——显然巴赫也会因为赶时间而下笔潦草，比如BWV180中某咏叹调中有太多的重复，乐思显得贫乏。巴赫在若干年后自己修改了很多。我读到这段略有意外，因为BWV180我还相当有兴趣，音乐明快有新意，世俗味十足，仔细一看确实跟一些巴赫改编维瓦尔第的管风琴作品一样，有太多重复。把"败笔"的判定放在一边，我倒是注意到一个事实：巴赫生前好像没获得什么有价值的批评，人们抱怨他的话无非是"太复杂""追求技术，少音乐"。也就是说，巴赫以及当时许多音乐家，都没有那种在反馈之下迅速求变的状态，他们跟同行、跟世界的关系都很松散。那个时代，还没有形成不断重演历史音乐的传统，教会和各种音乐场合大多现写现演，"传世音乐"还未成为文化主流，音乐家人死如灯灭。巴赫跟世界的主要联系是，要履行许多职责,但这些职责对音乐的期待往往是形式上的(教会要求按期写出来,不违和),那些全年康塔塔、微型成套康塔塔,都是他自己的设计。这种少交流、无反馈而不断出产的状况,对比现代社会里铺天盖地的反馈,实在是天壤之别。

巴赫的康塔塔中的象征符号很多,这让后人争论不休。难解、难懂,这并不全是巴赫的功劳,而是历史积累所致。加德纳说过,巴赫时代的人不理解他的音乐,而现代人不理解他的文化。哪怕今日的路德宗教徒,对巴赫时代的教会礼仪背景也早已疏离;可是,巴赫的音乐远超他的时代的容量,需要后人用更开放的音乐经验去慢慢消化。这个时间差令人苦恼,然而我们的文化和历史一再上演它。这个话题反过来说一样正确,加德纳引用音乐学家韦斯特拉普(Jack Westrup)的话:"巴赫履行着繁冗的工作职责的同时,不仅满足了那个时代的需求,也丰富了我们的时代。"

幸运的是,我手里有本"工具书",这就是可以在管风琴上演奏的,巴赫的371首合唱旋律的和声。它们可以视为和声范本,同时也像康塔塔的"写作日记"。不过,这并不一定为康塔塔提供注解。他的管风琴作品中有不少合唱改编(比如《莱比锡众赞歌》、45首小曲等),可以视为键盘作品与康塔塔之间的联系。它们有时是康塔塔的"压缩版",有时与康塔塔分道扬镳,遁入另一维度。

加德纳的书中常常引用的学者蔡夫,写了几本以巴赫康塔塔为主题的书,其中一本《酒中泪》长达六百页,围绕的是BWV21以及其他几首作于1714年的早期康塔塔。之后意犹未尽,在《分析巴赫康塔塔》中又写了一章来谈 BWV21——这种深陷几首康塔塔无法自拔的状况，我实在太理解了。在《分析巴赫康塔塔》的序言中，蔡夫希望自己的研究能够引起专家和爱好者对巴赫康塔塔的更多兴趣，尤其是那些演出较少的编号——它们和那些更出名的巴赫编号一样，属于西方艺术的最高成就。

说到后人如何看巴赫，加德纳引用了一段当代作曲家库塔克(György Kurtág)的话："理智地说，我是个无神主义者。但我不敢大声说，因为当我看到巴赫的时候，我没法当个无神论者，我必须接受他所相信的东西。他的音乐从来没停止过祈祷。我怎么能从'外部'看他呢？我不相信福音书的字面含义，但一个巴赫的赋格就真实地包含一个十字架——钉子就在那里。在音乐上，我寻找那些锤子……这确实是似信非信的状态。我的大脑拒绝这个想法，但我的大脑又有什么了不起……"

而加德纳此书的第一章"在乐长(指巴赫)的凝视下"中，说自己小时候家里挂着一幅巴赫的画像，"每天去睡觉的时候，我都躲避他的目光"。这个无处不在的偶像和符号，从童年就这么深深刻在心中。如今他谈巴赫，总是希望现代人把巴赫当作一个真实的人，而不是一个平面化的符号。为此他挖掘出很多背景史料，表明巴赫一样有愤怒、有狭隘、有创伤。加德纳之外，不止一位学者认为，现代人对巴赫的兴趣和解释，也是时代产物。巴赫的音乐并不"属于全世界"，世上没什么东西能说服全世界。这些康塔塔中有太多的历史、德意志、神学的印迹，它属于一类有着特定兴趣和背景的人；它虽然不局限于教派、国籍和身份,但它不能抽离文化背景,成为"纯音乐"。正巧,我最近有机会在本地(温哥华)听到《马太受难曲》的现场。音乐家们唱得不错,可是音乐会竟然没给观众一份像样的英语歌词翻译,每段都只有一行标题,令我惊诧。在我眼里,这不仅仅是个缺歌词的技术问题。导演把巴赫的歌词不当回事,也就意味着对于巴赫将圣经文本对应音乐的机心不当回事,对于受难乐来说,还有比这更糟糕的吗?

我自己听《约翰受难曲》和《马太受难曲》有一段时间了,常常是开车上班的时候,汽车音响中的耶稣就在晨光中一遍遍低吟——是的,这很荒诞并跟世界格格不入,但它已渗透进我的早晨。听了太多遍,我对它们的熟悉仍然只及大海中的几滴水。有人说巴赫的音乐是大海,可我越来越觉得,其中一个小小的作品号,往往就是"大海"了。任何在历史中慢慢演化、吸纳了世界流变也不断影响世界的经典,都是如此。加德纳还是乐观的,他谈论《约翰受难曲》的时候,相信这样复杂的结构可以被人感知,就像哥特教堂中的飞檐,静静融入人的潜意识中,无需分析。他一方面赞同巴赫的文本和音乐不能分离,另一方面也相信即使无信仰,巴赫还是可以被接近的。这样说来,并非基督徒的加德纳跟我们一样,又陷入了无法自圆其说的"二象性"状态。加德纳最后总算找到了一个美妙的说法:巴赫的音乐令神获得人性,令人获得神性。

参考文献

1. *Bach: Music in the Castle of Heaven*, John Eliot Gardiner, Penguin

133

UK, 2014.

2. *Analyzing Bach Cantatas*, Eric Chafe, Oxford University, 2003.

3. *Tears into Wine: J. S. Bach's Cantata 21 in its Musical and Theological Contexts*, Eric Chafe, Oxford University, 2015.

4. *The Cantatas of J. S. Bach*, Alfred Dürr, Oxford University, 2006.

5. *Lutheranism, Anti-Judaism, and Bach's St. John Passion: With an Annotated Literal Translation of the Libretto*, Michael Marissen, 1998.

6. *Music in the Seventeenth and Eighteenth Centuries*, Richard Taruskin, Oxford University, 2009.

杂记车尔尼

一

最近偶然在网上看到这么一则消息：生于奥地利的加拿大钢琴大师科迪（Anton Kuerti）重病住院未愈。离开公众视野的场合，颇让人唏嘘——那是一场独奏会，科迪不断弹一段贝多芬，怎么也进行不下去。这种惊人尴尬的场面怎么会出现在他身上？一位身为钢琴家的观众跳上台抱住他，之后让人急送他去医院。大家都发现他说话已经不清楚了，显然是脑部突然损伤。在全体观众的起立目送中，大师就这样无助地，在半场音乐会中离开。

科迪七十五岁了，或许不算太意外。但我在网上搜索，关于他的新闻都定格在那一天——2013 年 10 月的某个日子，之后再无媒体消息。面对网页上齐刷刷的条目，我不由呆住了。世界就是如此无力，动辄失语。

大师林立的今天，科迪还是显得很特别，除了极好的贝多芬演奏家和略特别的人生选择（想当职业独奏家、大学教授都很容易，可他偏偏在我们这里附近的小城教儿童学校），还有特别的古风。他常去大师们不屑一顾的地方演出，主动要很低的演出费，他说太高的费用是会毁灭古典音乐的。因为收费低，很多小地方都能请动他——对这个级别的大师来说，绝无仅有。某次他去了个煤矿小城，仅仅因为那里一个女士写信，说非常想听到你的演出。他和太太还致力于一个青少年的小乐团，给孩子们当音乐指导。这样的人，名声自然远低于实际水平。他曾经说，古典音乐没有必要去和种种时尚竞争，因为选择古典音乐，就是选择丰富的心灵。

这人有意思的地方，除了音乐，还在于他对政治的关心，比如在加拿大支持绿党，支持和平运动和弱势群体——有的加拿大人竟然不知道他是钢琴家，只知道此人声色俱厉地在 Youtube 上批评以色列。在政治观点上强烈到这个程度的钢琴家不多，以至于他显得有点怪，怪到了可以和古尔德相提并论的程度。不过古尔德那种怪可以被诗化成"天才的象征"，科迪之怪只能算是倔老头的苦口婆心，可我觉得他真的很伟大。

科迪其实从小就搬到了美国，二十多岁时移民到加拿大。不过，他仍然是个坚定的维也纳人，说自己的家乡有两个，一是维也纳，一是加拿大。在我眼里，科迪还有个特别之处，就是他对车尔尼的迷恋。或许因为维也纳人的血统？其实，科迪的老师霍尔绍夫斯基就跟车尔尼的学生莱舍蒂茨基（Theodor Leschetizky）学过——或许是圈子不大,总躲不开几个名人吧。因为科迪,我曾经好几次逼自己死命听车尔尼奏鸣曲和回旋曲,总是铩羽而归——虽然华丽,总体似乎还是太平庸了。奇怪的是,因为科迪的消息,我又想起来车尔尼,又去听他,这次是从夜曲开始,突然心有灵犀,大受触动——这不是肖邦吗?当然,并不完全相似,可是这花非花之间,更引发回味。那个时代的维也纳,被今人贴上"早期浪漫派"的标签,现在听来可能太圆满,太静止,但旁逸斜出还是有的,尤其车尔尼这里,有点浮华,有点单薄,有点"鸳蝴",在此时吸引了我。

二

卡尔·车尔尼这个名字,但凡弹过一点钢琴的人都不会忘记。这人写了或许有上千的钢琴练习曲,"折磨了多少代孩子",有人这么说。

有这么一种名人,出名仅仅是因为你见他们次数太多。如小镇上的邮递员、市政厅办车牌手续的家伙,想不成名人都不行。对我来说,车尔尼曾经就是这样的人,千万中国孩子跟他死缠无数年不算,漂洋过海之后,他的声音仍然会不时从某扇窗里飘出来。我走路时听到,竟然会被吸引得驻足,想想自己对古典音乐的最初经验,就是在这种平庸而甜蜜的练习曲中筑成的。记得有个指挥家这样讲:一般人听音乐,了解的东西其实是表面的"划痕",而我们制造声音的音乐家得划破表面,不停深入。我想,这说的不单指具体的作品和操作技艺,还包括一个演奏者成熟过程中的听觉和审美经验。车尔尼就是我们从划痕到内部路上遇到的人之一。一代代学钢琴的人，包括我们这些呆头呆脑、初学时候只会练手指的沉默的大多数，也跌跌撞撞地在这里准备了古典经验、古典尺度、古典审美。

近一两年，我居然又打算拿车尔尼练习曲出来瞧瞧了，哪怕不认真弹，只是视奏一下，看看和声。怀旧是肯定的——多少年前的自己，只会埋头傻乎乎地练手指，竟然不会去认真关注车尔尼练习曲中丰富的古典和声和结构信息。痛悔啊，人生就是这么过来的。打开599、849、740，一方面发现他虽然不像莫扎特那样深不见底，但有不少意思，许多小曲甚至美不胜收，有些灵巧的乐思让我感慨"浪费了"，如果细细培育之，或许能生长成舒伯特即兴曲那样的东西吧。古典音乐中的钢琴文化，可能很偶然地被车尔尼塑造了，并成就了它的稳定和保守。如今，教学和基本练习的套路已经固定，但我们常常忘记，钢琴文化、维也纳文化、德奥文化，本来都是"地方文化"，偶然性极大，有许多发展的可能，而钢琴文献后来进化成"国际标准"，同时越来越变态——你必须在不懂复杂音乐的年龄，硬着头皮"学舌"复杂音乐，同时残忍地扭曲自己的生活，这里面一定是有问题的。然而这类历史问题，背景又是一个个键盘上的英雄、音乐史上的偶像以及许许多多的传奇。压抑与张狂、消磨与背叛，从来都是音乐史上并行的兄弟。

先说说车尔尼其人和他的维也纳。本来，如果不是跟贝多芬的紧密联系，也许他在历史上的痕迹就是一个典型匠人的简历。至今，你找不到一本像样的车尔尼传记，他自己写过的简略自传也没有正式的英译，可见世人对他的兴趣之寡淡。

小时候，他是音乐世家中的音乐神童（一句谈论音乐家时重复得疲倦的标签），跟克莱门蒂（Muzio Clementi）、萨里埃利（Antonio Salieri）学过，最重要的老师是贝多芬，他跟贝多芬的关系几乎持续终生。要说车尔尼一生的出奇之处，在我眼里就是"不开音乐会"这一点。没有人比他再擅长玩弄手指技术了，他毕生都在教人炫技，也写了音乐会的炫技曲目，自己却没有寻求职业生涯。从十五岁就开始教学生，几乎每天八到十二小时，晚上作曲。他的自传中信息不多，基本围绕着音乐圈子转，然而写自传的年头（1842年），正是维也纳充满动荡的革命前夕，政府用力压制言论和出版。或许车尔尼因此不愿涉及任何时事。

车尔尼出生时（1791年），以"启蒙"留名的约瑟夫二世刚刚去世——这正是电影《莫扎特传》中那位皇帝。约瑟夫二世之后，弟弟利奥波德继位，废除了很多改革之举。之后，法国人占领维也纳，神圣罗马帝国结束。此时的奥地利，秘密警察遍布，文化审查极苛，很多书籍被禁。不过，文化、文学被禁的时刻，音乐倒拥有一定自由，音乐出版和演出越来越发达——而正是此时，在波恩生长到二十二岁的贝多芬，来维也纳向海顿和莫扎特求学。车尔尼则从小跟父亲学琴，九岁时公开演出了莫扎特协奏曲，已经可以考虑一个演出生涯了。可是车尔尼改变了主意，据回忆录说是因为父母身体不好，加上时局不定，不宜旅行。这时的维也纳，可谓钢琴演奏和教学的盛时，钢琴学生蜂拥，教钢琴成了正经职业。

十岁时，车尔尼的能力已经显得很突出，被贝多芬收为学生，并且是得意门生。1803 年左右，师生关系中止（因为车尔尼的爸爸自己要教课，加上贝多芬作曲繁忙[1]），但车尔尼渐渐成了贝多芬的助手，两人从未疏远过。

1814 年，法国人的占领带来一个副产品——维也纳议会。政治高压有增无减，通货膨胀愈演愈烈。不过，贵族阶层还是需要中产阶级的联盟，所以一些富人的文化活动还是获得支持，最明显的是各种音乐会，"维也纳音乐之友"协会成立（它曾拒绝舒伯特的申请，此为另话）。海顿的《创世纪》、舒伯特的《魔王》、贝多芬的《"锤子键琴"奏鸣曲》都是这个时期（至 1816 年）演出的。也正是这个时期，车尔尼开始了他"每天早八点到晚八点"的教学生活，据说持续了三十多年。其间教学声誉与日俱增，收费不断增加，自己小小得意地在信中提及可以过很舒服的生活，拥有度假的别墅。而他每天教课之后，就是不断地写作。此人的精力和毅力，就如此可畏。访问过他的作曲家菲尔德（John Field，夜曲形式的首创者）这样描述他的"作曲车间"生活——车尔尼常常同时写四首作品，他有个大柜子，里面装满各种音乐样本片段，随手取用。有一个房间专供助手用，他们遵嘱把需要的段落移调之后抄到指定的位置。车尔尼的大部分作品是由公式生成的，比如先是四小节的主题，后面穿插几个减七和弦之类。这种固定的程式对

---

1 http://carlczerny. blogspot. com. br/2012/03/carl-czerny-and-beethoven-history-and. html

熟手来说很好写,同时也给学生提供了稳定的乐理样本。当时的维也纳,对这类东西有着无尽的需求。

1818年之后,车尔尼已经是维也纳音乐界(甚至欧洲)的名人,而这也是贝多芬、舒伯特、罗西尼的时代。此时的维也纳,已经繁荣稳定了不少年,人口和寿命都有增长,不过因为多瑙河的污染,瘟疫时有爆发。车尔尼就曾为河水泛滥之灾举办过慈善音乐会。总之,他还是生活在一个保护得很好、远离政治的中产阶级圈子里。1822年,车尔尼收了一个特殊的学生——李斯特。这孩子十来岁的时候,家里已经知道他是小天才。当年的匈牙利,等级森严,凡人很难出头。而这个家族一向寒微,但野心不小,爸妈下了个赌注:爸爸辞了工作,靠妈妈多年攒的嫁妆,全家搬到维也纳,把他送到车尔尼那里——套用一句俗话——余下的,就是历史了。车尔尼知道他有天才,家里穷,每天都免费教他一个小时,后来还小心地给他筹划音乐会,又注意保护他,不让他过早成名。后来李斯特为了自己的职业发展,还是去了巴黎,师徒不欢而散。

维也纳历史上有这么个时期,"Biedermeier age",常常被译为"小市民趣味",大约从1815持续到1848年——也就是政治高压下的中产阶级趣味,它像历史上各种标签一样,有流变有渗透,抵达各个领域,从音乐、美术、建筑到室内装饰。总的来说,它和保守、文雅、简单有关,和拿破仑时期的皇家风格略近似,有人索性简化为"中产阶级对皇族的模仿"。车尔尼的生命经历了这个时期,有人说他正好就是最适合"小市民"的作曲家——现在回头看,其实早期舒伯特、老施特劳斯等都可以划入这个阵容。1848 年的革命终结了它，当时维也纳社会已近于民不聊生。工厂被点燃，大群人上街游行，皇帝逃离了奥地利。革命最终被镇压了，维也纳又回到了保守、压抑的状态。而车尔尼的生活状态似乎仍然没有被破坏，仍然在安享名誉和赞美。不过，1857 年后，维也纳的旧秩序终于被彻底改变了，此时，车尔尼作为旧时代、旧艺术的人物，迅速被人遗忘——除了他的大堆练习曲和对贝多芬的记录。

　　车尔尼从未结婚，这在当时的维也纳很常见。天主教会当时对结婚的约束很严，门槛很高，所以很多人宁可终身不婚，但和伴侣一起生活。车尔尼爱上过一个女孩，细节并不为外界所知。老年，他跟自己的许多只猫相伴。

三

　　上面说到钢琴教学这个"有问题的系统"——我不是钢琴教师，没有解决问题的方案，只能感慨这个不完美的体系，在多少代人的积累和碰撞中，也诞生了许多传奇——而我们习以为常的传统、正规中，其实掩埋着多少狂纵人生在绝境中的挣扎，他们靠非常规的险招活命，而给我们留下的，却是血淋淋的挣扎在历史中简化成的"传统"，甚至比艺术传统低一级的"练习曲"。历史学家的研究告诉我们，车尔尼之前，业余弹钢琴是贵族女孩的事情，而车尔尼的年代，正是 Bildung（德语地区传统中的教育、自我学习)越来越受重视的时候。时代使然,加上车尔尼对教育有真正的兴趣,他不断在信中[1]表达对钢琴学习的看法:早晚有一天,任何人通过长期技术练习都可以弹好钢琴。就这样,练习曲从无到有,弹钢琴从业余到极度的专业化,钢琴音乐就这样一路走来,音乐与人互相塑造。完全可以想象,伏在琴上苦练的大批人马中,天才有他们独特的学习曲线,但也面对过我们的问题,甚至可能,一路咀嚼过类似的厌倦和痛苦。天才最终让手艺生成果实,而我们普通人,仅仅被一些回忆碾过。有时,在车尔尼的大堆练习曲面前,自己的回忆渐渐活泼湿润起来,让我对手艺总有各种感慨:这个世界可以神化经典,也可以给经典踏上一只脚;手艺起码把人管住了,在这个无助的世界上用自身的热量温暖自己。手艺是沟通的壁垒,也是沟通的桥梁,它在现世中造出乌托邦,让我们拔地而起,又谦卑无言。

另一方面,我对他的练习曲的感觉又很复杂,觉得这些钢琴教师、写教学作品的人,与其说是为演奏家准备了技术,倒不如说是创造了演奏的"工业"规范——毕竟,演奏技术是人为之物,靠教师学生心手相传,多数人只能在现存框架内赶路。而制定规范,总是"维稳"之举,像一个口齿清晰的卫道士,确保众人像羊羔一样在规定的路上前行,也确保芜杂之声被淘汰掉。结果是,一般人赶进度都来不及,哪有时间去追究源头和所以然,能在既成事实的框架内做好就不错了。题外话,我看过一个李斯特国际钢琴比赛的录像,其中的李斯特专家、评委

---

1 Letters to a Young Lady on the Art of Playing the Pianoforte.

莱斯利抱怨有些选手对李斯特的了解，不超过半页纸——其实李斯特的资料，任何图书馆都满坑满谷，为什么这些年轻人就想不起来看看呢？我的答案是，因为弹李斯特实在是太费时间了，在键盘上天天当奴隶都练不好，不知不觉间生活就这么耗掉了。

就这样，练习曲为世人准备了演奏家，也为作曲家准备了可写的空间。它们让人有能力弹出干净的音阶琶音和和弦，也让这些四小节一句的范式耳熟能详，成为作曲家成长中的直接经验和语汇。当然，演奏和作曲之间的关系也是动态的——大作曲家总是拉抻着主流的技术可能。但大作曲家也需要听众和演奏者，而这些人都是车尔尼们为他们准备的。艺术在天才那里是激烈的漩涡，抵达众人时则是风平浪静的人生背景，但大家还是有相当的共同语汇。

我自己重读车尔尼，也不仅是怀旧。我有一种想法，要认识和学习任何风格或门类，关注一下二流作品是必需的，而这在古典音乐中最容易被忽视——不太好的作品，很难有演奏机会，结果就是我们满耳大师作品，但并不容易想象他们好在哪里。而二三流作曲家，别说在音乐会和唱片中听到，有时连乐谱都不易得。如今没有压力在后面追赶，我把一些车尔尼的练习曲随意弹弹听听，竟然发现了贝多芬的影子——起码近于青年贝多芬的稀释版。我甚至想：要理解贝多芬的钢琴作品，车尔尼《辉煌的变奏曲》(Op. 14)之类的作品可以作为"拐棍"之一。而这个拐棍，凸显的不仅是两者在语汇上的相似，而更多的是两者的区别——车尔尼可以甜蜜明亮、抒情优美，但鲜有大师的激烈对比和矛盾统一，他的高亢太单薄。相比之下，贝多芬"狠"在

144

何处就一目了然了。

而这对师徒,人格差别实在太大。科迪写过几篇关于车尔尼的文章,其中《作曲家卡尔·车尔尼》(*Carl Czerny*,*Composer*)中感慨师徒关系的压抑,令车尔尼的个性几乎窒息——贝多芬不会再教出一个贝多芬来。不过,命运使然,车尔尼不仅创造了钢琴技术的历史,也塑造了"后人心中的贝多芬"。我们无论追寻"传统中的贝多芬"还是"和传统不同的贝多芬",首先要面对"车尔尼的贝多芬",它是偏见,也是坐标。他改编、编订过贝多芬的作品——在编订先人作品方面有大成的勃拉姆斯也大量借鉴了他的意见,虽然也有很多辩驳。车尔尼的《钢琴理论及演奏大全》(*Pianoforte-Schule*,Op. 500)的第四册的第二、三章中就集中在"正确"地演奏贝多芬的作品上。贝多芬还有个著名的学生辛德勒,后来写书批评车尔尼对贝多芬的解释。而在比利时学者福克斯(Ingrid Fuchs)的《车尔尼:贝多芬身后的音乐使者》(*Carl Czerny: Beethoven's Ambassador Posthumous*)一文中,作者说辛德勒在音乐上的看法更合理,但此人也很嫉妒车尔尼,而且他后来声称跟贝多芬的关系多不可信。其实,辛德勒跟贝多芬的关系远不如车尔尼跟贝多芬密切。车尔尼跟随贝多芬二十余年,可以说亲见贝多芬的成长,并且演奏过贝多芬的全部作品。

从贝多芬去世后的多少年里,车尔尼一直是理所当然的"贝多芬权威"——虽然现在多少有点过时。历史的话语,总是先在私见的温床中酣睡,但如果没有传统的共生,又哪来文化的根基。虽然到目前为止,我还没有在车尔尼中听到典型的中后期贝多芬风格,但不时感受到其中浪漫风格的 DNA,李斯特、门德尔松都在这里闪现——说到这里自己恍然大悟,作为一个被车尔尼洗脑多年的人,我其实还在他的影子里打转呢。

而车尔尼不只供人重读,在练习曲之外,还有一个新鲜的车尔尼。关于对车尔尼的评价,有这样一句被广泛引用的话:"维也纳音乐历史上,在舒伯特和勃拉姆斯之间有没有真空? 没有,因为车尔尼就站在他们之间。"这是维也纳音乐史家比巴教授(Otto Biba)说的。近一年来,我一直尝试了解车尔尼,但草草听过读过的,也只有一小部分,因为大量乐谱还未出版,录音更是没有。科迪认为车尔尼最强大的作品是四重奏和五重奏,我很想找来,可惜资料实在凤毛麟角。车尔尼把自己的海量作品分成四类:练习曲,为学生写的小曲,音乐会作的炫技曲,以及"严肃音乐"——而他那些《辉煌的变奏曲》,在他眼里居然不算"严肃音乐"——如今除了练习曲之外,即使是对车尔尼有点兴趣的人,也就止于"辉煌的变奏曲"了。他晚年恨自己"写得太多,但没有多少伟大的作品",决定从此只写"严肃音乐"。而他海量的练习曲,在他海量的作品中,竟然只占一小部分——在钢琴之外,他还写过数不清的交响曲(科迪就指挥过他的交响曲)、室内乐和弥撒。难怪舒曼抱怨应该有人给他一笔养老金,让这种人搁笔——但舒曼听过车尔尼的大部分作品吗? 恐怕没有。

我个人的感想是,今人去挖被遗忘的音乐,难免觉得奏鸣曲显出不讨好的一面。贝多芬之后,无论你怎么整饬、怎么端庄、怎么华丽,也好像是个小几号的贝多芬。车尔尼的奏鸣曲其实颇有特色,但把那个写练习曲的车尔尼和写奏鸣曲的车尔尼相联系几乎是徒劳的,我的经验仍然是,可以用早期的贝多芬和写了《邀舞》的韦伯去想象他。当然,归类乃笨拙之举,用某人去概括某人自己同样可以很荒唐——车尔尼惊艳之笔很多,但其平庸之处不幸也常常放大得更清楚。我的确不时为其中平板的段落心生厌烦(比如第一奏鸣曲中的回旋曲),不过没有放弃,慢慢地听读了很久,才初步看出点味道,甚至对他的奏鸣曲风格形成了一些确定的印象。第一奏鸣曲(Op. 7),演奏时间长达四十分钟,让人想起舒伯特的《流浪者幻想曲》以及形形色色的李斯特作品。暴风骤雨般的急板简直就是粗暴的"钢琴体育",但漫长的慢板则荡漾着控制得体的安宁。最后一个乐章还是个长达六分钟的硕大赋格,听上去好像个浓郁版、浪漫版的巴赫。而奏鸣曲第三号,作品编号和贝多芬的"热情"相同(Op. 57),风格相似,有些片段几乎一模一样!科迪说这是车尔尼跟老师的决斗,而在我这个多少代以后的后人眼里,这样的音乐好像在诉说一种不甘,当然还是无力回天。我猜测,如果车尔尼的作品早为人知,某些作品会获得跟门德尔松一些小曲类似的地位,但让一个二十一世纪的人回头看,显然它们的时代已经过去了。历史公正吗? 或许还是有条件的吧,"发现"和"鉴别"都要发生在恰当的时候才有用。不过车尔尼的各类作品,我仍然愿意不时看看听听,音乐史有这样的背景才是丰满真实的世界,何况杰作往往也诞生于和背景的对话中。

当年车尔尼在维也纳,名声稳定、受人尊敬,是典型的"主流"作曲家,辞世时一万多人送葬,人生近于圆满。颇有意味的是这样一个对比——有个同乡同代、同样高产，但孤独穷困、钢琴弹得不行、挤不进主流又早逝的人，他叫舒伯特。但是，1897 年，舒伯特百年诞辰就是音乐界盛事了，自此他再也没有消失过。而直至 2002 年，这个世界才第一次出现车尔尼的研讨会，由加拿大的维也纳人科迪主持。我尽力去听读了一点点车尔尼的音乐，但仍然远远不能像科迪那么推崇他——可我离全面了解他的音乐也还很远。谁知未来会发生什么，不过只要钢琴还是我们的生活的一部分，那个遥远的背景就在那里。

参考文献

1. *Beyond the Art of Finger Dexterity: Reassessing Carl Czerny*, Edited by David Gramit, University of Rochester Press, 2008.

2. http://carlczerny.blogspot.ca/

3. Letters to a Young Lady on the Art of Playing the Pianoforte, Carl Czerny.

4. 维基百科相关词条。

SCIENCE AND HISTORY

浪漫时代,科学之美丽与恐怖

一 戴维

英国传记家赫尔姆斯(Richard Holmes)的专项本是英国浪漫时期的诗人研究,比如雪莱和柯勒律治。他写这些人的传记,写出了个OBE(帝国勋章)。不过,六十岁左右,做了七八年的准备之后写出的《奇迹时代——浪漫时代,发现科学之美丽与恐怖》,才让他出了大名。书的主题是"科学的美丽和恐怖",内容是 19 世纪英国科学界群像,有皇家学会主席班克斯(Joseph Banks)、天文学家赫舍尔(William Herchel)、化学家戴维(Humphry Davy)、冒险家帕克(Mongo Park),还有一群为热气球着迷的疯子。

先从戴维说起。1778 年,戴维出生于海边小镇彭赞斯(Penzance),这里是偏僻的英国乡下,连剧院都没有。戴维的家庭很普通,幸运的是妈妈的教父东金一直资助他们。十六岁的时候,父亲去世了，他们就像其他类似命运的家庭一样，立刻陷入债务，妈妈做小生意勉强为生，戴维被迫退了学。他常常跑到父亲的墓地里，躺在石头上冥想，写悲伤的诗——从这个时候开始成为一个不可救药的"文艺青年"。东金觉得这样下去孩子会给耽误的，就给他找了个外科药剂师的学徒工作，还把他接到家里住。戴维迷上了读书，从荷马到牛顿无所不及，也像一个小小的文艺青年那么自负，在自己的诗集上标注"天才之子"。

二十来岁的时候，戴维的兴趣从写诗转向了化学，自己做了许多实验，也因为一些机缘吸引了化学家的注意和引荐，在这个时机渐渐进入了研究世界。这正是古老的炼金术完全让位给化学，精确量化在科学活动中占上风的时代，从亚里士多德那里流传下来的"四素说"——水、气、火、土这种粗糙的知识土崩瓦解，人们发现连水这么简单的物质也是复杂的化合物，牛顿也告诉人们，白光有着复杂的成分。这也是著名的化学家拉瓦锡的时代，虽然他在法国大革命中被处死，但化学的影响力在不断增大，并被迅速吸收到医学中，人们期待对物质的了解能带来医学上的突破。1798 年，戴维加入了医生贝多斯（Thomas Beddoes）的气疗研究所。

这段时间，戴维写了很多文章，提到所有的精神活动都来自物质（比如体内的液体和气体），精神方面的疾病应该由物质来治疗。这在当时，是石破天惊的想法。气疗所当时正打算研究气体对人体的作用，比如让患有肺结核、哮喘的病人呼吸一些气体，观察效果。戴维领导了当时最好的化学实验室，也有着令人嫉妒的社交网络。他跟发明蒸汽机的瓦特之子是密友，并曾经写信请求瓦特帮助设计更好的"吸气设备"。

各种吸气实验都先在自己身上试验，这个过程中他差点死于一氧化碳。"每天都有新发现"，他兴奋地说。实验之余常常写诗，有一首是发现"笑气"——一氧化二氮之后写的，也许因为被麻醉，也许因为太兴奋，句子颠三倒四，语法不通。一氧化二氮并不是新鲜发现，但当时的科学家普遍认为它是致命的气体，戴维还是去尝试——别说呼吸，加热硝酸铵获取它的过程就很危险，随时可能爆炸。呼吸过程中，他先是感到"狂喜"、发热、脸红，忍不住笑、想踏脚。他急忙记录下感觉之后，渐渐失去知觉，后来完全无法回忆起过程，唯一的见证就是过程中的笔录。后来又吸了多次，反复观察气体量和身体反应的关系。早期的化学实验，就这样盲目和危险。第二年，他开始给病人试用一氧化二氮，还开创了真正的"盲试"，跟正常情况反复对比，排除心理干扰。又过了一段时间，他设想用于外科手术，先在自己拔智齿的时候试验，效果不错，虽然笑气本身不治疗什么，但它可以降低痛苦。

此时他未丢掉写诗的爱好，还认识了诗人骚塞（Robert Southey）、柯勒律治（Samuel Tayloy Coleridge）和兰姆（Chartes lamh）。戴维和骚塞之间有许多关于科学和艺术的争论。柯勒律治虽然没受过什么科学训练，但迅速接受了许多科学思想，他说过，科学和诗歌一样，"不仅仅是进步的，它还以一种道德能量和充满想象的渴望，指向未来"。戴维的诗作发表在骚塞编的诗歌年鉴上，他自豪地给妈妈寄了一份，不过特意在信中说，"别担心我会变成诗人，科学和医学才是我的职

153

业……"

实验引来越来越多的注意,当时的皇家学会会长班克斯来找他谈话了,想把他挖到皇家学会。当初,班克斯是反对气体研究的,因为用人体当实验品非议太多。而急于获得更多成就的戴维却没有在笑气的推广上更进一步,而是去寻求新方向了,因为公众不够了解,这个重大发现被公众当成了笑话。就这样,麻药的真正应用,是两代人以后——多少人在这耽搁中遭受了难以记录的痛苦。其中有几个涉及名人的手术,比如英国音乐史家伯尼(Charles Burney)的女儿范妮要切除乳房,结果是在没有麻药的情况下,由一个军人手术师做的。她超极勇敢,神智清醒地,透过脸上蒙的布眼看着刀子。手术惊人地成功,但这个惨叫不断的过程,实在太恐怖。直到今天,人们仍然在讨论,当时戴维和贝多斯为何错过了推行麻药的良机,不少人认为这并非是技术,而是文化的局限。那个时代,不少人认为"疼痛"是自然的,人不应该去干预它。

虽然没有把笑气的应用坚持到底,他现在已经是公众人物了(还是科学院中的美男),在伦敦举行过多次科学演讲和实验演示,并且宣布化学时代的到来——化学将影响生物、医药及一切与生命相关的研究。柯勒律治也是热情观众之一(当时他正受鸦片瘾的折磨,婚姻也不快乐),尤其是种种关于生命的新鲜思想,"我去听戴维讲课,可以增添比喻的'库存'……各种活泼的想法在他脚边疯狂地绽放"。

1804 年,戴维加入了皇家学会,继续举办化学讲座,同时也继续做实验。各种荣耀加身,但他并没有满足,不断探寻新东西,开拓了电

154

解领域。这种频频曝光外加紧张研究的节奏,把他活活累病。他的健康成为公众话题,皇家科学院每天都报道病情。

二　安全矿灯

1819 年左右,戴维在热恋。珍妮(Jane Apreece)是个富家女子——有人说她就是斯达尔夫人(Madame de Staël,法国作家,著名沙龙主人)某部小说中的原型,聪明、热烈、独立,跟名诗人有交往,也仰慕科学家。戴维送她讲稿,她以诗回赠,并且来听讲课。班克斯看好这一对才子佳人,觉得“科学和文学”的联姻会给皇家学会增光。两人很快成婚。

1812 年,北部发生了一起矿难,九十二名矿工全部遇难,许多人身首异处。此地一向还算安全,突如其来的灾难震惊了英国。事故的原因,是甲烷气被引爆。英国成立了安全委员会,还未取得什么进展,当地就又发生了一起类似的事故。

此时戴维夫妇正在欧陆旅行,一路受到热烈追捧。法拉第也同行。这个日后改变物理学进程的年轻人,当时是个订书工。戴维需要一个助手,法拉第来面试,交给戴维一本自己订的书,算是“简历”。他被接受了,在皇家科学院有了住的地方——阁楼,还有取暖用的炭、蜡烛和每日一顿晚饭,外加一份小小的工资。法拉第害羞、不好看、社交笨拙、不会聊政治,但努力想让别人高兴。法拉第感觉到珍妮对他的嫌恶,在夫妇俩居高临下的态度面前不知所措。这些都是法拉第的日记中记载的。不过他在后来给朋友的信中也称赞"戴维爵士的头脑简直是永不枯竭的源泉"。

两年以后,在一次旅行途中,戴维听说某种天然气从岩石中泄露出来,立刻赶去看。那天下大雨,戴维和法拉第淋在雨里,观看这种雨中不灭的神秘火焰,"苍白,像酒的灵魂"。戴维这样分析它:无臭,不像源自火山,很可能来自地下。他们把这种气体装在瓶中带回,戴维立刻扎进实验室,发现它跟引起矿难的气体很相似——今人知道,这就是甲烷。

当时,矿工作业极为危险,"那种黑暗和孤独,让人用尽全部勇气才能进入",记者这样写道。

当时,人们认为防止矿难要改进矿井通道,或者引入另一种气体来"中和"危险气体。戴维跟别人不一样,他认为根本问题是安全矿灯。每个矿工下井都要带灯,某些场合下灯会引燃甲烷。不过他没有直接从灯着手,而是先分析气体,让人千里迢迢地把气体样品送到伦敦。果然"磨刀不误砍柴工",想出一些办法。比如细管子把空气引进灯体,因为管子细,不会引起爆炸。这个主意来得很快,迅速成型。他立刻把样品和文件秘送到皇家学会。报纸还是知道了一些消息,公众开始沸腾。不料,事实证明戴维的发明仅仅改进了一点现状。此时,戴维的想象力、野心以及发表成就的急切展现得淋漓尽致,他自己不休息,也不让法拉第休息,圣诞节也持续工作。1816 年,他做出这样的模型——用金属网把灯火罩住,甲烷气进入网中就燃烧起来,但火

156

焰不会溢出网外,引爆外面的甲烷。人们看到甲烷在灯中尽情燃烧,却像笼中之鸟,无法飞出。说来简单,这个聪明的设计从未有人想到过。戴维事后回忆,我的每一点进展都有清晰的推理和类比——擅长舞文弄墨的戴维,后来把过程写得如侦探故事,再次让柯勒律治等文人惊叹。

矿灯即将在全英、全欧洲使用。那一年,他收到矿工集体签名的"感谢信",这也许是某个粉丝组织的活动,但矿工们是真心的。签名的人中,有一半人不识字,用 X 代表名字。

怎么奖励戴维呢?他居然谢绝了专利的建议。荣誉滚滚而来的时候,却出了个岔子——纽卡斯尔市一个叫做斯蒂文森(George Stephenson)的工程师说矿灯是自己发明的,戴维抄了他。他展示了自己早先做的模型,的确,跟戴维灯的早期版本看上去太像了。舆论大哗,作为名人的戴维,受指责也是最快的,公众不分青红皂白,齐声指责他欺世盗名。难得的是,当地的一个哲学和文学学会并没有一味力挺自己人斯蒂文森,而是客观地审视了两人的作品,指出它们仅仅是外形类似而已,工作原理完全不同。公众没耐心听解释,戴维名声大损。斯蒂文森其人还很坦荡,冷静分析之后,宣布两者确实不同,自己的灯没有化学反应,只是加了保护隔层而已——再说他也没有戴维爵士那种奢侈的实验条件。不过,他的灯确实已经被本地矿工使用,评价也不错。本地人以他为自豪,他在史上留下自己的名字。不用说,戴维十分生气,私下不断攻击斯蒂文森。

戴维对金钱并不贪婪,但极爱虚名,对名利有种毒瘾。他雄心勃

157

勃,不怕困难(做实验多次受伤都没有退却)。年纪轻轻,他已经是全欧洲最著名的科学家之一,还封了骑士。他一心盼望被当作"人类救星"写进历史。他也许真的做到了,"戴维安全灯"尽管早已被 LED 灯替代,但人们不会忘记他。他的成就还包括笑气、电解制取金属等。可惜,虚荣的本性在声名之中越来越凸显,他日后当上了皇家学会会长,其间对法拉第的压制、陷害是英国科学史上的丑闻。

三 热气球

在今天,热气球虽未绝迹,但已经不是一种活的文化,热气球的历史也已经跟今天的航空脱节,但它曾经是一种科学探险——19 世纪初,英国虽然还没有科学、科学家这类确定的称呼,种种格物致知却是文化时尚。热气球的参与者不一定是大科学家,但都是好奇勇敢之士。

本书作者赫尔姆斯对热气球情有独钟——他甚至自己参与了几次,还谈到一次"格外浪漫"的飞行,夜间降落在乡下的田地里,挤到一群叽叽咕咕不高兴的猪当中。他不仅在这本书里专用一章来讲这些"气球人群像",后来还写了一个大部头《向上降落》(*Falling Upwards*),是 19 世纪欧洲人热气球升天的"通史"。而这个书名,我猜可能来自《圣经》中这句约伯的话:Man is born to trouble as sparks fly upward(人生在世必遇患难,如同火星飞腾)。

1776 年,英国科学家卡文迪许(Henry Cavendish)发现了氢气的性质之后,很快就有人提出氢气球也许能助人飞天,但并没有立即应用。最早的做法是,气球下面挂一个篮子烧着火,热空气让球体膨胀,气球就可以上升,能带两公斤重量。1783 年,法国的蒙戈尔菲耶兄弟第一次把一只羊、鸭子和鸡送入空中,三个小伙伴平安返回。

一个更大的飞行计划正在法国筹备,路易十六让死囚犯试飞。但物理教师德·罗西埃(de Rozier)自愿带同伴飞上天空——他辗转托熟人,让王后说情,国王才答应。在几千人伸着脖子目睹之下,气球漂移八公里后成功降落。两年后,他尝试飞越海峡,气球是"混合式",装备上吸收氢气球和热气球的特点。一般来说,气球无法控制航向,罗西埃打算解决这个致命缺陷,让操作者能够顺风控制航向。此时,他欠赞助商不少钱,被要求带上"法国之荣耀"的旗子,在一个明知不合适的坏天气,出发了。在上升前的最后时刻,他劝说一个同行者放弃。未婚妻苏珊死死劝他别去,他回答说:"看在上帝的份上……已经太晚。哪怕死亡,我也得出发。"气球上升,迅速达到五千英尺,向大海飞去,可是因为风向,又飘回海岸。它在降落,看上去不祥。拿着望远镜的人们看见罗西埃仍在镇静地操作气阀。不知为什么,气球正在喷射火星。一团小小的黄色火焰窜出来,氢气泄漏了,气球看上去像一朵绽开的云,不断下落。人们听见罗西埃大呼地面上的农民闪开,自己跳下去——为减轻重量。两人都摔死了,尸体破碎不堪。怀孕的苏珊晕倒在地,几天后自杀。

这是史上第一次丧命的气球事故,公众震惊了。有人去调查原因，发现很可能是因为气球受热膨胀太快，罗西埃极力去按阀门的时候，静电引起了火苗。

当时典型的热气球，球体是丝绸和橡胶制成（易燃，可是没有更好的替代品），靠吊篮内的燃料燃烧保持一定量的热空气，本身就有失火的危险，不过回报也是无可替代的。最早使用氢气球的查尔斯博士回忆道："那种上升时的快乐，没有任何体验能与之相比。飞离地球，把一切烦恼甩在身后，那不仅仅是愉悦，而是狂喜。""我是唯一一个在一天中看见两次日落的人。""空气很冷，耳朵和下巴都冻得痛楚，但我坚持记录，直到手冷得不能握笔。"另一个飞行者，杰夫里斯回忆道："那种鸟一般的视角太美了。"天堂般的宁静之下，山丘变平，大地则变成一幅彩色地图或者地毯。

气球升天渐渐成了时髦之事，让公众尖叫，让某些人出大名，漫画书上还出现了女人们拖着男人上气球的形象，也出现了这么个词语——ballomania（气球狂）。

英国人坐不住了——当时英国境内著名的飞行者都是外国人。此时本杰明·富兰克林等人已经预感英法的气球竞争会变成一场"军备竞赛"，法国人会组成气球部队，从空中入侵英国的日子不远矣。1794 年，法国人确实用气球观察过奥地利军队，化学家拉瓦锡为军队解决了廉价获取氢气的问题，但因为种种原因，拿破仑的军用气球从未成真。直到多年后的美国内战，气球才用于军事。英国国王乔治三世写信给皇家学会，考虑是正式支持一下气球呢，还是让人自己去折腾。皇家学会会长班克斯犹豫不决，不确定这东西有什么用。民间的气球狂热，还是在英国悄悄掀起了，小型气球蘑菇般四处盛开。还有人搞出气球学校，提供气球娱乐，让小提琴家飞上去在空中拉琴，还有杂技演员在空中表演。不过罗西埃的事故，让英国更保守了。

第一个飞天的英国人是萨德勒(James Sadler)。1784年，他的气球上升到三千六百英尺(约1 097米)，成功降落。之后他出过事故，受过伤，但还是完成了几次重要的飞行。萨德勒的粉丝，包括年轻的诗人雪莱。他把气球视为自由的象征，还让妻子缝了个小小的丝绸气球，带着他的《权利宣言》小册子，飞到空中。柯勒律治、华兹华斯都在诗中提到气球升天的景象。萨德勒的儿子继承父业，却在事故中摔死。心碎的父亲再也没碰过气球。气球让有的人名利双收，但也有人因为投入过多或者受伤，下半生贫病悲惨。

19世纪的气球探险，基本止步于此。因为无法控制航向，很难有技术上的价值，只能供人娱乐和冒险。不过，能够抵达的高度极限也是有价值的，比如一个法国人飞达两万三千英尺，这在当时是人类能够保持呼吸的极限高度，这一路对云雾、风向的观察，都是宝贵的气象学资料。自此，人们对大地有了新鲜的视角——结果却是，它并没有让人立即认识天堂，而是把大地看得更清楚：道路与河流，自然与人，森林与田野，露出空前清晰的脉络。气球还渐渐成为文化中希望和奇迹的象征。雪莱写道："为什么我们至今对非洲内部如此无知？那第一个升天的气球，垂直地映下影子，笼罩在这片不快乐的土地上。它终将解放每个奴隶，并永远地消灭奴隶制。"

四 生命力论

19世纪，法国的医药最先进，英国人努力获取一席之地。皇家学会会长、以挖掘贤能著称的班克斯一直期待医药界的年轻才俊，不久发现了一个合适人选，劳伦斯(William Lawrence, 1783—1867)。此人日后将引起对"生命力论"的大挑战。所谓生命力论，如今已经是个历史词汇，它主张生命体有一种特殊的物质，跟非生命体有本质区别，它有自己的生命能量和生命活力。生命力论活跃的时间很长，不仅因为符合人们的观察，更符合社会期待，比如它背后的"灵魂"说，正能体现社会中的等级认识，"植物渴望成为动物"，"动物渴望成为人"，"人渴望成为'时代精神'(Zeitgeist)"等。

拥趸之一，就是当时著名的外科医生阿伯那什(John Abernethy)。此人治好过柯勒律治的鸦片瘾，也是劳伦斯的恩师。巧的是，阿伯那什为柯勒律治治病的时候，劳伦斯正为另一著名诗人——年轻的雪莱治病，同样很有成效。劳伦斯等到机会，在讲座中抛出了大胆的想法：生命体也是物质，神经过程是大脑的一种进程，生命体不过是一个复杂的物质组织罢了，"在这一点上人和牡蛎没有区别"。这在当时几乎是一颗炸弹。阿伯那什等人都抨击他的"物质主义"会毁掉人类社会的道德。不过也有支持者将他跟伽利略并论。论战升级，也和任何论战一样，渐渐转向人与人之间的敌意，师生撕破脸皮,学生也纷纷站队,两人各自的讲座成了战场(换到今天,就是网上论坛)。对生命的基本认识,这可不是小事,无论在当时还是至今,都会牵扯到社会、政治、神学等根本问题。认为人也是物质,这对浪漫时代的人,尤其是孜孜寻求人生意义的作家,实在太难接受——人类拥有弥尔顿、牛顿那种想象力,怎么可能跟牡蛎没有区别!一时间,诗人画家们代表的"想象力"和牛顿代表的"分析"站成两派,前者认为科学必将导向无神、无趣、简化世界。柯勒律治对科学很有兴趣,专门去了解彩虹的形成,但他仍然牢牢抓住"生命力论",同时渴望寻求科学和艺术的和解。

这场文人和科学家之争中,倒诞生了一部真正体现时代精神的作品,这就是诗人雪莱的太太玛丽的《弗兰肯斯坦》。贵族弗兰肯斯坦创造了怪物,给了他生命,而他惹了太多麻烦,又有太多要求,弗兰肯斯坦也没办法摆弄他了。在今天,这只是个一般的神秘故事,在当时的英国,却不小心承载了太多的科学隐喻。人弄出了科学,它越来越强大也越来越丑陋,人怎么驾驭它?怪物出生时粗糙而野蛮,但竟然学会了读书和做饭,更可怕的是,学会了同情,学会了孤独感和对伴侣的渴望。

医生劳伦斯的一些名言出现在小说中。小说的不少想法也正符合劳伦斯的意思:大脑是生理性的存在,世上并无凌空的"心灵"。故事出名了,劳伦斯医生却已经无法承受社会压力。他在 1819 年就撤回了自己充满"邪说"的手稿,《生理学讲座:人的自然历史,1819》(*Lectures on physiology, zoology and the natural history of man,*

163

1819），但默许书商查理（Richard Charlie）"盗版"发行，书迅速风行，查理鼓励他不要放弃自由，去世前还主动提出将尸体供给劳伦斯解剖，以示支持。1829年，劳伦斯却站到了保守派一边，他收回了自己叛逆的言论，去跟老对手、老恩师阿伯那什求和，据说获得了"宽厚的谅解"。医学生涯的尽头，劳伦斯获得了各种荣耀和尊重，可是——他真的失去了自己的"灵魂"。

当然，灵魂、精神之论，从来没有非黑即白的定论。先人的困惑，同样在追索我们的回答。

五　一顿晚餐

1817年12月28日的寒冷冬夜，画家海登（Benjamin Haydon）在自己家里请济慈、华兹华斯和兰姆来吃晚饭。背景是，当时不少人都认为，被称为"湖畔诗人"的几位，柯勒律治、骚塞和华兹华斯（William Wordsworth），后来又加上兰姆等人，强烈反对一切科学的进步，尤其猛烈炮轰劳伦斯的"无灵魂论"——这并不是实情，更可能是公众的脸谱化。

海顿其人，专项是历史人物画。济慈、华兹华斯和兰姆这三位来访，本是祝贺海登的油画《基督进入耶路撒冷》即将完工。海登是个原教旨的教徒，渴望展现宗教对艺术和科学的征服。画大概是这样的：耶稣进入耶路撒冷，被热情信徒簇拥，远处角落里坐着略被丑化的华兹华斯、牛顿和伏尔泰，这样说来，画作代表海顿对怀疑论者的宣战。

晚餐的餐桌上,作家们八卦了一下别的作家,各自踱步朗读自己的诗,然后开始尽情嘲笑科学,来了个缺席审判。济慈说牛顿把彩虹简化到棱镜里,破坏了它的诗意。按《奇迹世代》作者赫尔姆斯的意思,济慈未必不理解牛顿的发现可以激发新鲜的诗意,只是谁也不愿承认。这些醉醺醺的玩笑以作家们的皆大欢喜告终,细节都被海登写到日记里。食物的细节没有记录,不过《不朽的晚餐》的作者按当时的绅士晚餐习俗和几位客人的口味帮我们构想了这样一顿晚餐:第一道菜包括海龟汤和鱼,第二道菜有"甜面包"(实际是小牛胸腺),蘑菇和小肉饼,然后是甜食,比如浮岛(蛋白浇头的蛋糕)、牛奶冻等。饭后,三人倚靠在炉火前,海登以画家的敏感直觉,捕捉到这个瞬间:三个文学天才正好坐在他画作中的基督俯视之下,被轻轻跳跃的火苗映照。

本来是一次普通的友人小聚,也许是因为客人的体面和对画作的自豪,海登把它称为"不朽的晚餐"。碰巧,这个事件被后人视为浪漫时代文化风气的缩影,所以海登这个被遗忘的画家也一再出镜。

那么,科学家怎么想呢?柯勒律治说过"五百个牛顿才能抵得上一个莎士比亚",上下文是他坚信人的灵魂。戴维激烈反对:"阿基米德、培根和伽利略都把人类文明推进了一步,比政治家、宗教领袖和艺术家都更有力量。"戴维认为培根对人类的贡献超过莎士比亚,牛顿则远超弥尔顿。"科学家让人类的头脑在依赖事实的过程中学会了精确的习惯,也扩展了类比的能力。""化学研究始于快乐,中途获取知识,最终指向真理和用途。"这是他在不久人世时写下的自传中的话。他在最后的日子里未减对科学的热情和勇气,也没忘记写诗的爱好。

这是 1829 年。科学和艺术，仍在寻求和解。这个时代的科学家还有个办法略缓焦虑：他们相信这一切都是神的设计，所以，宗教和科学并没有尖锐对立，不是吗？这个信念支持了本书中提到的探险家帕克，科学家法拉第，还有许多人。可另一方面，科学家们又不断遭遇宇宙之辽阔，也就意味着神的遥远。世界一边变大（人的认识增加），一边变小（神秘不确之物简约为科学中的一般性）。在一个"星际旅行"的时代，我们又该用什么说服自己？

参考文献

1. *The Age of Wonder: The Romantic Generation and the Discovery of the Beauty and Terror of Science*, Richard Holmes, Vintage, 2010.

2. *The Immortal Dinner: A Famous Evening of Genius and Laughter in Literary London, 1817*, Penelope Hughes-Hallett, New Amsterdam, 2002.

3. *The Immortal Evening: A Legendary Dinner with Keats, Wordsworth, and Lamb*, Stanley Plumly, W. W. Norton, 2014.

4. *Falling Upwards: How We Took to the Air: An Unconventional History of Ballooning*, Richard Holmes, Vintage, 2014.

5. *The Balloonists: The History of the First Aeronauts*, L. T. C. Rolt, Sutton Publishing, 2006.

哲学家的早餐俱乐部

一

赫舍尔会让仆人去厨房里搬来预订好的丰盛早餐：茶,咖啡,啤酒[1],冷牛肉,火腿,鸡肉,凤尾鱼,鸡蛋,烤面包,松饼,烤面饼,蜂蜜,果酱和奶酪卷,然后这些男人就开始吃喝,大笑,交头接耳。早餐过后,惠威尔、琼斯、巴比奇和赫舍尔留下来讨论。通常是赫舍尔发起一个话题,用培根著作中的一段话做引子。

以上就是"四个哲学家的早餐"情景,它发生在 1812 年左右的剑桥,一个个阴冷的周日早晨。那是英国工业革命的盛时,有这么四个"自然哲学家"(那时还没有科学家这个名字),在剑桥里成了"狐朋狗友",每周日早上聚会。这四人后来在历史都写下各自的痕迹,遗憾的

---

1 Audit ale,一种较烈的啤酒,在大学生中流行,因较昂贵,只在应试或宴会时饮用。

是，他们在今天已经近于被遗忘，斯耐德（Laura Snyder）的《哲学家的早餐俱乐部》一书终于把他们拉回视野，而"那许多顿庞大的早餐"正是线索之一。四人都推崇培根的"实用科学"之论，都希望科学给生活带来实际的改变。培根的名言，除了"知识就是力量"，还有"科学家应该像蜜蜂而不是蜘蛛或蚂蚁"。因为"蚂蚁只采集不消化"，而蜘蛛呢，它的织网，一切都生自已知的东西而非外界。培根主张的是科学家勤于采集外界信息，并不断寻求实证。跟他相反的是笛卡尔，他想建造的是包罗万象的抽象之网，所以笛卡尔研究物理，不是从实验、实证入手，而是假设先行，比如上帝的存在等等。笛卡尔在欧陆影响很大，但在英国并不受重视。惠威尔（William Whewell，1794—1866）等四人，都是坚定的"培根党"。

先说惠威尔。此人家境贫寒，父亲早已准备好让他继承木匠生意，不料学业优秀，父亲被劝说让儿子读书，父亲只好接受"失去一个继承人"的事实。"听着惠威尔，如果你今天背出超过二十行维吉尔，我们就揍你！"这是中学里男孩子们对好学生惠威尔气急败坏时说的话——可惠威尔偏偏还是打架能手。

惠威尔最终上了剑桥。当时的剑桥，课程内容主要是古典学和数学，并不实用，而每年的费用比父亲全年的收入还多，而且作为剑桥人，除了社交、party还有许多花费，比如打猎、旅行等，这个巨大开支烦恼了几代父母。剑桥是向富人子弟敞开的，但穷人也并非全无办法。惠威尔努力学习争取奖学金，又当家教，勉强收支相抵，数年之后仍为钱烦恼，买本牛顿的《自然哲学的数学原理》也要向父亲伸手。

很偶然地,惠威尔遇到琼斯、赫舍尔(John Herschel)和巴比奇(Charles Babbage),四人的生命轨迹都发生了改变。约翰·赫舍尔是大天文学家威廉·赫舍尔的独子。威廉出身贫寒,靠自己的奋斗成了科学泰斗,约翰看上去坐享其成,从小在伊顿、圣约翰这种贵族学校读过来。他年轻时极不情愿继承父业,但不知不觉地,还是成了跟父亲类似的人。不过在职业选择上,父子仍然争执不休。约翰要当律师,父亲想的是让他当神职人员,因为经济有保障,尤其难得的是,有闲暇。在这个年代,"科学家"一词还未诞生,以科学为职业闻所未闻,到目前为止,牛顿都被称为"自然哲学家"。所以,"科学研究"向来是闲暇爱好,神职人员才负担得起。

巴比奇呢,同样出于富家。跟赫舍尔认识后,巴比奇也跟着一起手算天文数据,抱着沉重的草稿纸,苦不堪言。从这时候起,他就梦想发明一种辅助计算的机器。

他不是第一个梦想计算器的人。人们为之付出的努力已经持续千百年,从算盘到计算尺。莱布尼茨和帕斯卡,都花费了巨大的心血,尤其是莱布尼茨,自掏腰包,将数年精力贡献给一种"机械计算器"。此外,英国是个航海之国,水手时时要靠计算自己与星星的距离来推知地点。计算表格是人造的,勘误加上勘误,修订表格成为系统工程——更可怕的是,谁也不知道表格中还有没有错误,性命都赌在这些数字上。17 到 19 世纪间,许多类似的机械问世,它们都是精美的机械设计成就,复杂如钟表,惜效率不高,而且不精确,更重要的是,无法普及。巴比奇年轻时中了发明计算机的"魔怔",他还不知道这个延

169

续二十多年的梦将怎样影响他的生活。

英法在此年间战争不断,1815年总算太平了。此时惠威尔已经从剑桥毕业,打算申请剑桥的院士(fellow),此时琼斯等人都已离开,只留他一人在此苦读,四人的"周日早餐"不再。此时,院士的位子很宝贵,有了它,几乎一生不需做什么就可以拥有学者头衔和待遇,缺钱的惠威尔实在太需要它。考试共五天,每天八小时,包括希腊和拉丁文的翻译、数学和玄学(metaphysics)。惠威尔一举拿到,得意地给朋友写信,"我可以在学院啤酒和学院政治中细品余生了"。

四人团中的另一人,琼斯,生活轨迹完全不同,年轻时就成了一名坎特伯雷的乡村牧师。那时,乡村牧师等级和收入区别十分清楚,而且几乎是家族垄断。琼斯收入不高,地位卑微,郁郁不乐,时间用在打牌、打猎和吃喝上。1830年左右,琼斯在给惠威尔的信中,说自己脑子里都是自杀的念头。此时他已经结婚,来到新教区,收入增加,环境优美,生活悠闲,似乎没什么抱怨的理由——今人可能觉得琼斯的问题就是抑郁症。惠威尔想了一个办法来帮助朋友——他认为对付精神问题的最好办法就是努力工作。他鼓动琼斯完成一项事业——这个决定终于改写了英国经济学史。

自剑桥求学的年代,政治经济学就是几人共同的兴趣,其中读法律的琼斯对政治热情最高。法国大革命后的混乱未消,隔海观望的英人日子也不好过,穷人多,暴力、犯罪、骚乱也多。琼斯和惠威尔都在读风行一时的马尔萨斯-李嘉图辩论。他们不同意马尔萨斯的许多观点,比如惠威尔指出他们的理论和统计事实不符(惠威尔被认为是用数学描述经济学的第一人）。但他们至少在一点上同意李嘉图：政治经济应该成为一门培根理念中的，从实证出发的科学。朋友们鼓动琼斯写一本书，把想法整理清楚，但要说服常处抑郁状态的琼斯，可不是件容易事，此人有一堆健康毛病，其一是胖得难以动弹。惠威尔一直都在劝他把每天三杯酒减为两杯。整整九年时间，惠威尔连劝带逼，让他写书，尤其是，希望在李嘉图理论深入人心之前，把书写出来。《财富的分配和税收来源》（*Essay on the Distribution of Wealth and on the Sources of Taxation*）书成之后，琼斯说这是"惠威尔的养子"。

政治经济类的书太难写了。琼斯说过自己一直在博物馆和图书馆之间穿梭收集 1668—1776 年间的史料，观察人们如何分配收入，地主和佃户之间的关系等，"我只知道一个办法，就是观看，观察。"当时英国确实深受李嘉图影响，简单地说就是假设人是趋利避害的生物，结论是，越是帮助穷人，他们越懒。结果，英国的穷人遭到愈来愈重的惩罚和歧视，其中残酷的"劳动救济所"（Workhouse）就是产物之一，穷人在其中每天工作十四小时。有人听说，见到救济所中的人打碎骨头做肥料，有人偷啃霉烂的骨头上的剩肉——这些骨头并不都是动物的，有一些来自墓地！

这段时间，巴比奇也发现英国的经济已经更多地依赖工业而非农业，而亚当·斯密和李嘉图的理论是建立在农业经济上的。李嘉图认为工业化必然导致工人失业，但巴比奇相信，工业化会带来更多的机会，因为不能由机器完成的工作还是很多的；机械化不可避免，利大于

171

弊。琼斯和惠威尔决定改变现状，说服人们相信，"普通人自由和舒适的生活才是高产出的必要条件"。对于马尔萨斯的人口论，琼斯也不赞同，他认为人口是可以自动调节的，消费的增长必然会让人们自愿节育，而工业化会带动人的消费。琼斯的理论虽然被不少人接受，但影响力还是不及马尔萨斯和李嘉图。

不过，纵观全局，历史最终站在了李嘉图这边。如今的经济学（包括数学模型），更接近李嘉图而非琼斯的想法。但是，风潮也在两边不断摇摆，人们也常常发现将经济与伦理分开是错误的。至少，这四人将政治经济作为科学，把培根的归纳法用到经济学，这个贡献的重要性不可改变。

二

1831 年，赫舍尔写了一本书，《自然哲学研究初论》（*Preliminary Discourse on the Study of Natural Philosophy*），推介培根的学说，讨论观察和理论的关系，提出自然哲学的终极目标是通过推理来理解世界等。此书影响很大，受益者包括年轻的达尔文。书出版的那个月，达尔文正在剑桥准备考试。后来回忆起此时，达尔文说正是此书激励他献身科学。此时赫舍尔新婚不久，巴比奇则正拼命学习工具制造，走访各个工厂。赫舍尔在《自然哲学研究初论》为科学观察的大概步骤设计了一个表格，鼓励读者亲身实践，动手记录，巴比奇受了启发，

172

设计了一种"参观工厂表格"，供人来访时提问、记录。

这几年，巴比奇好几位家人去世，包括太太。他崩溃了。多少年里，他留下自传和无数信件，但一直不提太太，因为承受不了记忆带来的悲痛。赫舍尔陪他旅行，逛遍了欧洲（此时，巴比奇接到了任命，他要成为剑桥的教授了。若干年后，他略带恨意地说，这个头衔，是国家给他的唯一荣誉）。自此，他性格大改。过去他是个多么慈爱的父亲，给孩子们设计机械玩具，还在办公室和家之间用玩具车跑来跑去送信，现在，他悲伤而暴躁。他不像惠威尔那么大大咧咧，虽然会赌气，但争论之后就烟消云散，也不像琼斯，内向地把不快留给自己。他动辄发怒，对身边关心他的人也从不克制。

其实，朋友们觉得他该满意了，因为做议员的内弟给搞来了政府投资。很快他们就从政府那里拿到九千镑（据说相当于现在的八十多万镑）。巴比奇雇了一位著名的巧匠，克莱门特（Joseph Clement）。此人没受过正式教育，但极有天分，能手工制造精度很高的机械部件，要的报酬也高。此刻的巴比奇不缺钱，两人的合作看上去互利互惠，前景美妙。不久，钱开始成为问题，克莱门特动辄罢工，工作过程再无宁日。此时巴比奇迁怒于皇家学会，初因是私怨，掀起的风暴却改变了学会的前景。

巴比奇在欧洲游历的时候，特别考察了巴黎，发现英国在数学方面能追赶法国，但在化学等学科则远远落后于这个出过拉瓦锡的国家。在英国，根本没有"自然哲学家"的正经职业，所有的研究都处在业余状态。虽然巴比奇对法国有些理想化，但他没有大错，法国当时

173

是欧洲的思想中心，在法国，搞研究的人获得的支持远多于英国同行。法兰西科学院的门槛远比英国皇家学会高，皇家学会会员的资格分明早已贬值。巴比奇不仅写文章批评这些问题，索性把矛头指向具体的人，如当今的会长和以前的功勋会长，包括班克斯（Joseph Banks），瞬间树敌无数。有人指出，虽然法兰西科学院资助一些搞研究的人，但代价不低，因为这是个受政府控制的机构，必然只能迎合政府所好，这样的系统是不会被英国人接受的。此外，赫舍尔、惠威尔和琼斯都理解巴比奇，但不愿出头攻击学会，也不愿冒政治上的风险对法国倾尽赞美。谁也没想到，巴比奇的攻击真起了作用。推选新会长的时候，赫舍尔成了众望所归的候选人之一，大家都寄希望于他。他自己有些勉强，更愿意把时间用在研究上，更何况也不善交际。支持赫舍尔的人看上去很占上风，不过太自信了，不仅没有在公关上做到家，巴比奇还干了一件彻底搅局的事：快要选举的时候，他给许多支持者送了封信，说不去投票也可，赫舍尔必胜。此信偏偏及时送到，有人说刚备好马车，收到信就没有去。结果是，赫舍尔输掉了，119∶111，只差八票。

赫舍尔说他不在乎会长，但失败的选举还是让他很受伤。从此他淡出了学会不说，还索性去了南非，一住数年。当然，在那里也没闲着，有了一些天文和植物学的新发现。1838 年，他才回到英国。

对科学组织，其他几人各有想法。巴比奇想的是索性另起炉灶，组织一个新学会，跟皇家学会抗衡。费了番周折，他跟苏格兰物理学家布鲁斯特(David Brewster)创建了"英国科学协会"[1]，旨在具体地协助各个领域内的研究。赫舍尔上次竞选的伤口未愈，不愿靠拢任何组织，但慢慢还是参与了一些活动，对协会影响不小。惠威尔开始也不相信协会，但后来为组织工作投入了不少精力，赫威尔怪他浪费时间，惠威尔回答，"如果有一种途径能激起人们对科学的热情，帮大家找到方向，我不会拒绝为之大声疾呼"。纠纷也不少，布鲁斯特自己是有地位的科学家(他发明了万花筒——当时万花筒可是科学仪器而非玩具)，瞧不起英国人，可他却拿不到教职，协会主席之位也被学生夺去了，余生都为此不快。而关于科研是应该政府掏钱还是研究者掏钱，这四个人也意见不一，巴比奇虽然相当富有，但坚决主张政府出钱(后来差分机研究陷入资金困境，他仍然对自己的见解身体力行，绝不动自己腰包)。

1833 年，著名诗人柯勒律治和惠威尔之间发生了一场小小的、却偶然地被载于史册的辩论。这是科学学会在剑桥的会议上，柯勒律治发问：那些从事"真正的科学"(也就是实验科学)的人，应该被称为什么？惠威尔当时是会议的秘书。谈话的具体细节，并没有清晰的记载，但历史知道惠威尔说出了"scientist"这个名字。不过，这个词语在几十年后才真正使用，甚至惠威尔自己都没怎么再提到它。就像时间河流里无数大大小小的事情一样，它发生了又消失，一个词语不过是河中一叶。

---

1 全称为"British Association for the Advancement of Science"。

经过一段时间努力,科学协会已经是英国重要的科学力量了。惠威尔在剑桥的地位越来越高,也难免膨胀,敌人们讽刺他的态度总是"吾乃圣贤,尔等勿吠"的样子。无论如何,四人从年轻时立志改变科学世界到现在,已经二十载。他们让科学渐渐变成一种职业,呼吁政府为研究投资,大学建立实验室。不久的将来,惠威尔还提出剑桥的年轻人应该拿着科学学位毕业。

三

1840 年,惠威尔人过中年,事业有成,想结婚了——他大概跟别的院士一样,因为不能结婚,常去妓院。想要结婚,唯一的办法是放弃这个职位,不过到哪里去找份稳定收入呢?峰回路转,他成了三一学院的院长(master),可以结婚了。不久,惠威尔遇到佳人——富家女子科黛拉,皆大欢喜。

惠威尔的人生顺风顺水之时,巴比奇在梦想的泥潭中苦苦挣扎。

他一直在构想一种计算器——差分机(difference engine)。其实,机器和人一样,做加减法相对容易,乘除则比较难。巴比奇设计了一种差分方法,通过初始值的逐步相加,回避了乘法计算,能计算多项式。它的工艺空前复杂,部件极多,这个过程对机械制造业也有深远影响。比如,当时的机械部件没有互换性,如果别的机器需要一只新螺栓,已有的螺纹必须重钻。为他工作的克莱门特意识到这个问题,按螺钉长度确定几种螺纹,这样一来,部件不会任意制造,不断浪费——这正是机械部件标准化的开端,它在未来影响了全世界的制造业。

现代人不一定了解,这个计算机模型中的一部分,是受了当时的一种织布机的影响。18世纪,有个织布工人——偏巧是管风琴师的儿子,对织布机做出了改进。一般来说,管风琴因为依靠音管发音,那么选择各个音管道闭合,就需要打开/堵住这两种状态,多少年来,音管都是靠一个有孔的平面移动着打开/堵住各个管子的。此人用这个道理,把需要的花样设计成阴阳面,用滚筒带动它。它被后人再次改进,因为"太快"而影响到织布工的生计,引来很多抗议和骚乱,竟然闲置五十年。直到1800年,织丝工人杰卡(Joseph Jacquard)从博物馆里发现了它,又做出重要改进:板上用"有洞"/"无洞"来储存信息,有洞处杆能通过,再经几个运动环节来带动丝,无洞时杆不能通过。这样一来,花纹甚至颜色的信息,都可自动读取。当然,现在的织布机,是受计算机控制了——织布毕竟还是织布,或许它的巨大革新,期待于3D打印吧。

巴比奇把全部时间投入到差分机上。还未制成,他又有了新想法,去设计一个更抽象的分析机(Analytical Engine)。十年过去,它离成型还没有踪影。他太要完美,不断改进,以至于很难拿出什么成型的东西,也很少发表论文。早先的差分机还有人可以讨论,甚至在公众面前演示过,但对更为超前的分析机,他没有找到可以沟通的人。此外,从分析机的设计思想看,它几乎没有实用价值,更像一个思想模型——而它没有像图灵机那样，为时代所吸收。

1853年，惊天动地的消息传来：两个瑞典人造成了差分机！原来十几年前，一个叫舒茨（Georg Scheutz）的编辑兼印刷工在杂志上读到巴比奇的设计，就打算设计一台自己的机器。后来，读大学的儿子加入，到1842年，这个机器可以计算五位数以及三次阶差——瑞典科学院已经在褒奖他们了。1851年，父子获得一小笔资助（大约相当于五百多英镑），条件是如果1853年底不能完成，必须退款。结果按期完成，在万国工业博览会上获得金奖。父子受到国王接见，一时风光无两。英国政府则订购了一个复制品。

这个消息对巴比奇，确实有点讽刺了，多年来，他花了政府一万七千镑，几乎一无所成。他的机器重达四吨，一万两千多个还没用到的精密零件后来都熔解报废。不过，巴比奇很有风度地表达了赞美和祝贺，舒茨松了口气，回应说"巴比奇是人类福星"。事情却又有了新的转折：舒茨的机器，后来被发现并不精确，因为设计得不像巴比奇那样可靠。父子最终死于潦倒，当初的辉煌仅昙花一现。机械时代的设计与革新，就如此举步维艰，动辄耗尽人生。后人实在难以责难这些先锋——失败何尝不是科学世界中的常态。

巴比奇呢，曾经依靠父亲供养，自己有过收入不高的教职，父亲去世后他靠遗产生活。他跟传奇女子阿达（Ada Lovelace）有过漫长的友谊——她是诗人拜伦的女儿。妈妈忍受不了拜伦的债务、不忠、反复无常等，带着一个月大的孩子离开了他。阿达自小热爱数学（一说妈妈怕她的狂热想象会让她长成父亲那样的浪漫诗人，所以特别鼓励她学数学），很崇拜巴比奇。两人惺惺相惜，长期通信。对于计算机，阿达的野心更大。巴比奇考虑的只是计算，而阿达认为它将来可以一般化地处理各种任务，包括"演奏音乐"——在彼时算是科幻，而我们的世界倒还真应了她的预言。她在某些方面跟巴比奇类似，比如怀才不遇，而且同样敏感。有一次，阿达指责巴比奇使用了她的论文却没有注明，巴比奇也毫无沟通技巧，两人大吵，很久之后她的怒气才慢慢平息，主动和解。她自己呢，有些风流韵事，还好赌，据说想建立数学模型来赢钱，可惜并不顺利，因此负债累累。三十六岁时患子宫癌，母亲竟然不许人接近她，不许她用鸦片来止痛，说疼痛能让灵魂获救。阿达在几个月的疼痛折磨后去世。

巴比奇的后半生仍然暴躁、敏感而好斗。他跟惠威尔的友谊早已破裂，而赫舍尔去世的时候，巴比奇给遗孀的信中，除了悼念，还酸溜溜地提到"他灿烂夺目的名气，会给你的孩子们带来别人无法享受到特权，无论他们做什么，都会拥有超人的地位"。这就是悲伤并嫉妒的巴比奇的最后一封信。多年来，他不时给政府主动写信解释机器的进展。他有时生气无礼，有时自怜，抱怨自己牺牲了十几年时间，竟得不到任何承认。算起来，因为差分机、分析机向政府要钱，跟财政部的关系二十年里都处于剪不断理还乱的状态，双方都烦恼不堪。彼时没有科研经费的制度，靠的只是"绅士"诚信，但一个没有规划的投资方案，时间一长，注定结局不妙。

晚年的生活更是每况愈下。当时的伦敦有很多"街头音乐家"，拖着手动管风琴招摇，乐器总是走调吵人的，他们以此胁迫人给钱才离开(狄更斯对此也有记载)。巴比奇无法集中精力工作,冲他们大吼大叫,结果就是人家在他门口扔死猫,砸玻璃。别人一般就忍了,较真的巴比奇闹上法庭,倒真迫使当局立法,让警察有权驱赶扰民者。他因此名声大作,也算一奇。

1991年,英国人按巴比奇的设想和当时的工艺水平造成了差分机,证明它可以运算;遗稿中许多发明思想也见了天日,原来他超出时代太多。老英雄没有遇到合适的时代,世界也错过了计算机带来的改变。这样的阴差阳错从来都是世界的主题。

四

19世纪下半叶是达尔文的时代。他发表《进化论》的时候,惠威尔、巴比奇和赫舍尔已老,琼斯已去世。因为三人在科学界的地位,达尔文渴望了解他们的态度,但没敢抱太高期望。巴比奇转向进化论比较早,其余两人则有些困难。当年,进化论出现在一个宗教感很强的地方,真是让人们"三观尽毁"。赫舍尔一向通达,还是受不了"随机"一词——这就是达尔文所说,生物每一代的变异是随机的,选择是由外部环境干预的——怎么可能这样呢,难道上帝不是为生命设计好路途了吗? 万物没有"智能"的干预,累积如此变化的几率该多么渺小? 这不仅是他的疑惑,也是很多人的想法。不过,惠威尔给达尔文的信中说,自己虽然一时很难接受,"但是你提出了那么多事实证据,人们如果没有足够的思考和证据的话，很难反驳"。这样温和的表达已经足够让达尔文高兴了。何况，惠威尔指出进化论不能解释人类的许多现象，也是达尔文所承认的。"真理之间不可能互相矛盾"，"如果进化论是真理，如果和我们对圣经的解释有矛盾，也许是我们对圣经的理解错了"。惠威尔说。他最终承认"需要等待未来的理解"——他在公开场合不肯认同进化论，私下里却多次表示"很可能是对的"。他已经七十岁了，失去了朋友和妻子，宗教感是支持他的力量之一，但没有因此否认进化论。

这三人对进化论的"半信半疑"，也奠定了后世宗教与科学的矛盾/和解的动态平衡。至少，他们以当时科学泰斗的身份告诉众人：不要把圣经当作科学教科书；人要相信上帝，也要相信科学方法。所幸的是，达尔文去世的时候（1882 年），已经不再被视为"毁灭宗教的人"，而是英国人的英雄。后来的生物研究走得更远，科学家继续告诉我们，生物的神圣没有了，道德的必然性没有了，各种绝对价值观都在动摇，人类竭力维护、苦心经营的道德秩序是人类自己的游戏。人要想求真，不如自认这些都是人类社会的构建，并非世界预设。

而这四位英国科学家，今天似乎只有巴比奇隐约留名。按库恩在《科学革命的结构》中的说法，科学的发展常常体现在范式的变化上。而巴比奇的计算机构思，跟后来的图灵很不同，后人另走一径，并未接过巴比奇的火炬，他是作为早期计算机史中的一部分被记住的——而"计算机史"，说来有点滑稽，因为它一直更新，一年前的东西已算古董，史上那些笨重的"计算机"，看上去已经和你我毫无联系。各种"未完成"好比散沙一般,不成方向,科学史只好据成功来写,但那注定不是完整的历史。

　　而这四人的时代,是英国科学界剧烈变革的几十年。惠威尔功不可没,他对科学研究专门化的推动,是今天的科学职业、科学规范的始创,也被视为如今学术界许多问题(比如分支过细、割裂与人文的联系)的始作俑者。其实这四人一方面主张科学专门,一方面反对抛弃艺术,可惜后人难以两全。有趣的是,诗人马修·阿诺德也是在这个时期成为第一个"专业"评论家。看来,"专业化"在这个时代并非偶然,大众和学院渐行渐远似乎也是必然? 世界开始为这种分裂担忧了,斯诺在《两种文化》中的呐喊只是其中之一。裂痕能愈合吗? 越来越深的知识积累能被"跨界"吗? 未来的未来,是轮回还是不断地告别?

参考文献

　　1. *The Philosophical Breakfast Club: Four Remarkable Friends Who Transformed Science and Changed the World*, Laura J. Snyder, Broadway Books, 2012.

　　2. *The Structure of Scientific Revolutions* (4th Edition), Thomas Kun, University of Chicago Press, 2012.

　　3. *The Difference Engine: Chalres Babbage and the Quest to Build the First Computer*, Doron Swade, Penguin Books, 2001.

4. *Charles Babbage and His Calculating Engines*, Philip Morrison and Emily Morrison, Dover Publications Inc. , 1961.

5. *Metaphors of Memory: A History of Ideas About the Mind*, Douwe Draaisma, translated by Paul Vincent, Cambridge University Press, 1995.

6. 维基百科相关词条。

历史学家杜兰其人其书

一 威尔与艾丽尔

美国历史学家威尔·杜兰(Will Durant)著述极多,十一卷《世界文明史》写了四十年,还有一大摞通俗哲学书,甚至还有文学评论集子。此人不一定是最好的历史学家,但一定是最迷人的之一。因为时代的局限[1],也因为他多数时候采用二手资料(但他亲身旅行考察,并不是只抄书本)所引来的争议,他的书不像过去那么流行了,但我所知的大学、公立图书馆都会收藏《世界文明史》。通史如今汗牛充栋,若能保持生命几十年,在史学见解变迁中一定程度上立住脚,殊为不易。而这个人,豁达通透又有人情味和同情心,说白了,他的诸多意见中,

---

[1] 杜兰是西方世界里较早关注东方的历史学家之一,对东方文化有相当的尊重,这在当时是很难得的。他还明确批评欧洲中心论,但是,他自己往往也难逃欧洲中心论的窠臼。

即便是偏见,也往往正是我喜欢的那些。而以一两人之力写作十一卷通史的壮举,则旷世无双。

算来,我读他也有不少年了——因搬家而来到不同的图书馆,仍然不断跟他邂逅,储存了许多快乐和激动的记忆,后来还幸运地买到他们的双人自传的签名本。终于有勇气把一点心得介绍给国内读者,算是了却一桩小小心愿吧。

威尔的父母是加拿大法语区移民,也是传统的法国天主教徒,极为虔诚。这些贫困的人,生活里唯一的热情和快乐就是在教堂里。威尔从小在教区学校上学,准备被打造成神父。在自传体小说《转变:一颗心灵和一个时代的情感故事,1927》(*Transition: A Sentimental Story of One Mind and One Era*,1927)中,威尔讲述自己如何渐渐下定决心,离开神学院的过程——最后,还结了婚。他是个聪明自负的男孩,"读了九百来本书之后,我再也不跟老师在课堂上争论。在我看来他们的智力和知识跟我差得太远了"。书中这样自嘲地说。威尔从小热爱精神生活,渴望用社会主义来济世。他不到十岁就把吉本的《罗马帝国衰亡史》读完了,十二岁左右就给自己编了个"世界文学史列表"。因为读得太多,又因为读了达尔文、斯宾诺莎,渐渐对神学不感兴趣,把宗教热情和济世的宏愿转移到社会主义乌托邦上。曾经爱上一个女孩,还没来得及"发展到超过一个深情的吻",母亲知道后,强烈要求那女孩跟他分手,以免耽误他的神父前程。

威尔后来还是进了神学院,父母高兴得大大庆祝了一番。神学院里,每天五点起床,不是祷告就是上课,每天累得精疲力竭,根本没空想女孩子,连读闲书的功夫都没有——"或许这就是神学院的明智之处吧"? 威尔回忆道。在斯宾诺莎的激励下,他终于鼓起勇气,离开神学院。《转变》中写道,父母愤怒地说,"给你三天时间永远离开家,因为你是这个世上最忘恩负义的儿子"。

在欧洲游历了一段时间,他回来继续在一所中学里当校长,终于又有时间继续疯狂阅读。在这里,他遇到未来的妻子艾丽尔。

"新来的老师看上去有点怪。他很矮,很害羞,因为脾气太好,管不住我们。我带着同学们戏弄他。"艾丽尔后来在自传中回忆。不过新老师跟她"促膝谈心"一番,直爽、讲义气的艾丽尔被收为"心腹",帮他维护秩序。"我渐渐喜欢上了这个和气的老师。"艾丽尔来自俄国犹太移民家庭,在粗鲁穷困的犹太社区里长大,全部知识就是从妈妈那里听来的犹太人苦难,几乎没见过这么温和有学问的男人。有一天,这个单纯、不会掩饰的小女孩,搂住了老师的脖子。老师看上去有点生气,责备了她,可是不久后给她写了封情书。

威尔自觉地向学校董事会坦白了爱上学生的"罪行",辞了职。两人就这样订了终身,她不过是个傻乎乎的小孩,没读过什么书,最喜欢的是跳绳、捉迷藏,而他读书万卷,正好渴望一个活泼的伴侣。艾丽尔立刻开始教他滑旱冰——后来她赴婚礼是穿着旱冰鞋溜到市政厅的! 她才十五岁,他二十八岁。

为了维持生活,威尔找到份在教堂给会众讲课的零工(这一讲就是十三年)——每周讲两次,内容包括科学、政治和历史,多数听众受过的教育不超过小学,威尔也练出了通俗清楚的讲述风格。艾丽尔回忆,他每周都从图书馆搬大堆书回家。艾丽尔自己,除了怀孕的时候之外,跟着听了所有课程。

生活仍然极为拮据,而这个讲课的零工看上去并不是安全的位置,不时有人建议把这个无神论者赶走。"现在回头看,那段生活好像是快乐的。"艾丽尔回忆道。"有一天威尔突然大声说:'我正在读一本有史以来最伟大的小说!''什么书?''《罪与罚》。''不过',我自信地说,'我这本书才是最伟大的。''什么?'《卡拉马佐夫兄弟》'。我觉得自己赢了。"不过读了几百本书后,艾丽尔觉得自己可以反叛了。有一天,突然想抗议丈夫太埋头读书,忽视了自己,她悄悄离家出走,路遇好人和坏人,运气和惊险,搭车到一个很远的地方,把威尔吓坏了。他最终赶来,许诺让艾丽尔住到更方便的地方。"他现在肯定更爱我了,因为爱一个罪人肯定比爱圣人容易",艾丽尔得意地说。这样的事情发生过不止一次——年轻、爱冲动的妻子受不了寂寞,抓狂地自己跑出去游荡,因为蓬头垢面被当成精神病患者。最后威尔狼狈地来收拾、道歉,发誓一定多陪她。

有一段时间艾丽尔喜欢上了附近一个"格林尼治村",这里是许多艺术家、无政府主义者出没的地方——他们同时也是"离一夫一妻制最远的人"。艾丽尔受了影响,也迷上一个家中的一个访客,可爱的艺术家,鲍勃。"那天晚上,突然有一种欲望爬过我的身体……我竟然去问威尔,可以允许我到鲍勃身边躺一会儿吗?他竟然答应了。我爬到鲍勃身边,他很绅士地笑笑,给我一个父亲般的吻,送我回到'合适'的床上。"

1917 年,威尔获得哲学博士学位,在哥伦比亚大学找到个教职,但因一战之故,生源很少,学校难以维持,解雇了很多人,威尔也在其中之一。自此,威尔再也没做过职业教师,只靠演讲、短期讲课和写书谋生,斤斤计较着点滴收入,在公寓之间搬进搬出,磕磕绊绊地拖着一个女儿和一个养子度过一战后的大萧条。"威尔总是惭愧地自省,'我是不是太计较钱了?'"艾丽尔回忆道。

在合写的自传中,他们就这样自嘲年轻时的青涩。威尔还老老实实地列举了很多友人对自己著作的批评。在抄录一段对《转变》的批评后,威尔说,"这样诚实的批评,从长远来看对一个膨胀的作者来说很有好处,但我确实需要额外好几垞赞美才能治好这个创伤"。

50 年代,功成名就的两人,自然被大群脑残粉簇拥,艾丽尔回忆道,两人拒绝了粉丝们出版一本简缩的《杜兰的智慧》的要求。"时间终会报复这种自我膨胀的。"

二　两人的书

威尔的第一本书叫做《哲学和社会问题》,此时他已经从激进的无政府主义者、社会主义者变成温和谨慎的自由派。书印了一千册,剩了九百多本堆在那里,这下威尔可以有足够的理由模仿梭罗的话了:"我的图书馆里有一千本书,其中九百本是我写的。"此书从柏拉图讲到尼采、叔本华,一方面对哲学的公众影响之衰落表示忧虑,一方面提议应该用合适的办法,缩短人类动物私欲和道德理想之间的差距。不管主张如何,其中对哲学家们的介绍是很生动好读的,大概是后来《哲学的故事》的原型。

早年,威尔并不打算写"哲学史"这样的东西,他认为这分明是把复杂历史撕碎了强塞进一个框架。不过,他在给人讲《柏拉图》这部分的时候,一个熟人,正好也是出版商,觉得不妨把讲稿印成个小册子。然后一发不可收拾,一段段地讲下去,一本本小册子就这样成型,最后修饰连接一下,这就成了威尔"最著名的孩子——于 1926 年,带着担忧,痛苦和爱降生"。没想到,此书卖了两百万册,以至于之后数年,他们部分地依赖它的版税而活。

但这段时间里,威尔因为埋头工作,婚姻又出现危机。威尔建议她帮助整理点文稿,或者自己写一本书,但她并没有获得安慰。现在他出名了,到处有邀请,她的地位开始边缘化,两人关系越来越淡,婚姻濒临破裂,连孩子都不能安抚这种烦恼。艾丽尔写过一封幽怨近于绝情的长信。"幸好没有发出去——现在看来这是多么让人脸红啊。"

而挽救婚姻的,是那部十一卷的奇作,《世界文明史》。威尔四十四岁的时候,两人开始了真正的合作,一起周游世界,一起枯坐板凳。巴勒斯坦、印度、俄国、日本、泰国、希腊、中国……他们还在北京结识了胡适——在《世界文明史》中"东方的遗产"一卷中,他对胡适推崇备至,虽然想法比较单纯。而他在苏联旅行之后写了《关于俄国》一文,表示对其前景不乐观,这在美国的左翼知识分子中引起大哗。然而他的预见几乎都成了事实。在旅途中,威尔一直坚持写作。关节炎在旅途中加重，但幸运地治愈。医生还不肯收费，威尔称之"圣人"。自传讲到这个时期，除了二战、国内的困难，主要是威尔不断出外讲课（以保证收入）和漫长的写作。其间养子路易上了战场，但幸运地平安而返。夫妇俩像任何父母那样承受煎熬。艾丽尔仍然因为孤独、和威尔的种种差异而烦恼，家里战火频频。好在两人都积极解决问题，才度过了一个又一个婚姻中的难关。"两人之间的差异让我们成长。"多年后，艾丽尔这样说。

写作的时候，他们分头写同一主题，然后放在一起对照，商定最后的版本。两人的健康都越来越差，都被疾病击倒过。但凡不生病也不旅行的时候，艾丽尔每天整理自家的小花园，威尔送孙女上学，读读报纸，两人吃简单的素食，规律地睡觉。其余的时间，他们都献给了历史。十一卷中，有些卷畅销，有些书反应平淡。他们像任何作者一样，书一上市就屏住呼吸等着看评论。这些卷的写作时间差异也很大，一般三年多一卷，但其中的《信仰的时代》写了六年，或许这也是最好的一本。1968 年，夫妇获普利策奖，十年后又获总统自由勋章。

一张 1979 年 1 月的报纸《蒙特利尔报》上，有篇采访老年夫妇的文章。"他们俩都那么瘦小，加起来不会超过一百七十五磅……宽敞的大宅园内有些荒了，游泳池干涸。因为他们真的老了。""女儿艾瑟尔六十岁，怨艾重重。'所有人都说，有这样伟大的父母多幸福！可我帮他们做了多少事？我从九岁就开始帮他们打字！'""很多人仍然认为艾丽尔没文化，毕竟，她连高中也没读过。她也不是个好妻子，好母亲，还把丈夫气病过，在公开场合让他下不来台。可正是她保持了威尔和他的书的活力。"这个访者还说，"我在停车场等待的时候，看到一对情侣不断接吻告别，却无法下决心告别，他们这么疯狂，说不定有各自的配偶。我恨不得对他们说，看在老天分上，赶紧下决心，结婚，一起写本书吧。学学杜兰！"

这个婚姻持续了近七十年。1981 年，威尔进了医院，艾丽尔立刻无法进食。艾丽尔先走一步，儿孙们百般隐瞒消息，威尔还是从报纸上看到了。他很快离开人世。几天之后，《洛杉矶时报》上登出一幅漫画：艾丽尔穿着旱冰鞋迎接威尔进天堂。

三　威尔的书

威尔如今被当作历史学家，但他入手的地方却是哲学。他引用斯宾格勒的话，"所有真正的历史研究都是哲学"。他的著作中还有一些文学评论，如今不大有人读，但我很喜欢他的见解。除了散见于《世界文明史》中的大量评论片段，专门的集子比如《对生活的诠释》中，谈了福克纳、托马斯·曼、肖洛霍夫、乔伊斯等——他竟然真的逐字读过这些书，还颇有见。他说普鲁斯特，"他对马歇尔和女人的风情描写得如此细致，观察得如此仔细，有时让我们怀疑他是否真是同性恋"。"他有时会忘记前面的人物之间的关系。"指出这个 bug 的时候，威尔给出了《追忆似水年华》中相应的卷数和页数。对托马斯·曼的《浮士德博士》，威尔说，"这本书和曼的前几本一样，有很多缺点，但它站在当代小说的前列……它用力过猛,其中的'魔鬼'本来应该聪明尖锐,却被塞进大堆跟德国时政相关的冗长说教……而德国人从战争的废墟和羞耻中重新站起来之后,难以原谅这个出语绝望之人——他在受苦中忘记了历史预示的未来。"杂文集《在天才中探险》中还有不少文史评论,有一章特别献给写作《西方的衰落》的斯宾格勒,认为这是"20世纪最重要的著作之一"。他指出斯宾格勒错漏极多,但他还是大为称赞斯宾格勒的卓识:"我们同意他的结论与否,一点也不重要。""这个对废墟的预见,正是我们更新文明所需要的挑战……他激励我们在民主和贵族统治的社会之间寻求更好的制度。""我们对他的批评都会被忘记,他的著作永远是我们时代的哲学中最伟大的成就。"

和哲学相关的集子,主要是《哲学的故事》和《哲学的殿堂》。后者不是哲学家传记,而是社会话题。这本出版于1929年的书,对道德、社会、婚姻、民主、自由、宗教等问题,有惊人的预见,虽然现在看来,已经不那么独特,或者说许多隽语已经被后人汹涌的心灵鸡汤淹没了,但出于个人的偏爱,我还是读到许多有趣的东西。比如在《道德的变更》这一章中,有这样的话,"每一种恶行都曾经是美德,有些恶行也可能重新变得令人尊重,好比仇恨在战争中显得可贵……人之原罪不是堕落的结果,而是他升天时留下的遗迹。"谈到男女之别时说,"男女之间精神、意识上的区别是先天还是后天造成的?很难说,在这个话题上,科学跟哲学终于体现出同等的困惑。也许我们可以冒险猜测,这些区别与男女的生理差异相关,但更主要的差别,还是体现在社会塑造和个体差异上。"

后来,《哲学的殿堂》修订、再版,更名为《哲学的乐趣》,有些章节改以亲切的口吻直接与女儿对话。他说:"我希望女儿爱读书,但对书本的热爱不要超过对友谊、人生的热爱,希望她有自己的孩子。但我不会去干涉她的人生。"他还说过,绝不希望自己的孩子是天才,因为天才肯定会受一辈子苦。

在数本和哲学相关的文集中,一再出现的人物包括柏拉图。威尔喜欢强调这一点:柏拉图极重等级观念,但也极重智性,把智识的精英感发扬到极致。自古以来,人的智力和能力差别,似乎是社会里最合理的等级借口,但,我们对它也应该保留一点警惕。如今,这种视大众为草芥的思想,已经行不通了。不过,因为极度崇尚智力,柏拉图在其他方面倒颇有平等意识,他认为,人应该有平等的受教育机会。尤其是占一半人口的女人,应和男人有同样的机会;如果有的女人擅长治国,就让她治国;如果男人更适合治家,就让他治家(显然,柏拉图的这种思想,并没有在传统的西方社会中实现——仅就男女地位而言,当道的是轻视女人的亚里士多德)。

最后说说这部《世界文明史》。第一卷讲的是东方,自第二卷则开始梳理西方历史,包括《希腊的生活》《凯撒与基督》《信仰的时代》《文艺复兴》《理性的开始》《宗教改革》《路易十四与法国》《伏尔泰时代》《卢梭与大革命》《拿破仑时代》等。威尔文笔优美、充满激情,细节也活灵活现,人物呼之欲出。而我不管拿哪卷来读,总会在其中夹许多书签,或者在电子书上做很多标记。

有一些人物写法非常大胆,比如《凯撒与基督》中的耶稣——威尔提到几位历史学家描述的耶稣生平（也有人认为耶稣根本不曾存在过），他自己则从福音书和《犹太古史》[1]中建构了这样一个耶稣，"他从小就学木工，喜欢大自然，非常合群……他没去过学校，只去过犹太人的会所，从小在宗教气氛中长大"。"打算客观地描述他很难，不仅因为关于他的资料都是他的信徒所写，还因为我们的文化和遗产如此紧紧地跟他联系在一起，在他身上寻找缺陷会深深刺痛我们。他的宗教感如此强烈，会愤怒诅咒持异见的人；他能原谅任何错误，除了不信。""他有着犹太先知的苛刻情怀，而不是古希腊智者的宽广和镇静。他的愤怒有时会损伤他的深度。他的缺点是他的热烈信仰推动世界所付出的代价。""凯撒希望通过改变制度和法律来改造人，而基督希望通过改造人来重塑制度，松弛刑罚。""凯撒的激情总是在智识的控制之下，而基督不是没有智识，但他的心灵的力量不是智识的，而是来自强烈的感受、敏锐的观察和对目的的偏执。"

而在《信仰的时代》的第十三章"500—1300 年犹太人的思想和心灵"中，中谈到因宗教、文化的原因，犹太人在历史不断遭到残酷迫害、集体杀戮，威尔在结尾有这样一句感叹："多少人为那个十字架上的死亡，同样被钉在十字架上！"

从这样的巨著中摘抄段落，也许意义不大，但我还是忍不住和读者分享一下他的文笔和激情。在《理性的开始》一卷中写到 1587 年，英国女王伊丽莎白和苏格兰女王玛丽的斗争、玛丽的处决。伊丽莎白

---

1 The Antiquities of the Jews，犹太历史学家 Flavius Josephus 写于公元 93 年左右。

并不情愿杀死玛丽,但迫于政局,担忧安全,也因玛丽企图逃走,不得不为。"玛丽跪下来,祷告,把头放在那里。假发从她被砍下来的头上落下,雪白的头发都显露出来。她四十四岁。""宽恕。他们都需要宽恕。玛丽需要宽恕,她这么努力挣扎,只是想当个快乐的王后,谁也没想到她看护丈夫到他病愈,后来却参与了对丈夫的谋杀;我们可以原谅这个为一个不明智的爱放弃一切的女人;我们同情她来到英国避难,换来的却是十九年囚禁和死刑。我们也应该宽恕伊丽莎白,她的多年统治中面对无数对手和威胁。她长期囚禁玛丽,恐怕正因为很难下决心处决玛丽。她们都是高贵的女人,一个高贵而感情用事,另一个高贵而思虑不决。她们最终在西敏寺中共眠,在死亡和宁静中和解。"

而在《信仰的时代》中,讲到东罗马帝国中僧侣的苦修(公元400多年)——有些僧侣长期断食,住在岩洞里或者树上,有人把自己绑在柱子上。旁人有时怜悯他们,送来葡萄,但他们深为这样的享受羞愧,谁也不愿食用。"教会并不喜欢这样过分的苦修",威尔写道,"教会分明从他们的谦卑中嗅到了一种强烈的骄傲,在他们的自虐中发现其精神上的贪婪,从他们逃离世界和女人的方式中感到一种秘密的感官之乐……事实上,苦修的记录也常常暗示着他们的欲望和幻想。有些僧侣喜欢在人群中展现自己的美德,而真正的孤独则让美德难以为继"。

十一卷巨著中,活泼、有节奏感的叙述比比皆是。在我看来,这不仅是有趣的历史,也是英文写作的范本,威尔的文学力量往往一发而不可收,娓娓道来或雄辩滔滔。

这些历史，一方面是全景式的，从时间上覆盖20世纪前的大事，也尽可能全面叙述欧洲各国，话题涉及政治、军事、宗教、文化成就、社会风尚等。威尔的志向一直在此：写作一部综合、整体性的历史，全面呈现它的脉络，而不是只取一路，截断血脉。不过，书的内部常常又以人为线索，充满情感和细节。这一点，曾招来一些酷评，比如指责作品中全然看不到科学的批评、职业学者的研究。我认为这种指责并不公平，威尔虽非学界中人，又因"活灵活现"而必然注入不少个人诠释，但他的严谨度、统一性都是杰出的。"通俗"二字，在威尔的时代可能更受赞许，而如今的文化界有那么多的"大话""戏说"，似乎怎么通俗、讨好读者都不够，以至于那些"敢于无趣"的历史倒显得可贵了。什么样的通俗是可取的？大家或许有自己的答案，我倾向于那种打通古今、从个体心灵际遇寻求交流基础的方式，前提是作者有高度自律的精神。威尔认为自古以来，人类不断地重复历史，不断地重复错误。既然如此，我想这种交流基础应该不难获得，只要你诚恳努力地寻求。

不过，威尔寻求的，并不仅仅是对历史的讲述。他强调对文明的传递——"文明对每一代来说都是新的，都要重新学习。如果我们把文明的传递间断一百年，之后人类又要从野蛮时代重新开始。"但仅仅对文明的传递也不够，他一直在苦苦寻求历史的意义、进步的可能，虽然又一遍遍地告诉自己和读者，进步几乎是"不可能"的，不平等永远不可能抹去。这个人从天主教徒变成无神论者，最后变成不可知论者，他说自己怀疑一切，怀疑物理学家谈原子，怀疑天文学家谈星体，当然也怀疑历史学家谈历史。在最后的文集,《历史的教训》中,他以极为谨慎保守的口气说,"如果人足够幸运的话,他应该在生前尽力把所知的一切传给孩子。在最后的时刻,他会感激历史。这些无尽的故事是滋养我们的母亲和我们自己不死的生命"。

参考文献

1. *Philosophy and the Social Problem*, Will Durant, Macmillan, 1917.

2. *The Story of Philosophy*, Will Durant, Simon and Schuster, 1926.

3. *Transition*, Will Durant, Simon and Schuster, 1927.

4. *The Mansions of Philosophy*, Will Durant, Simon and Schuster, 1929.

5. *Adventures in Genius*, Will Durant, Simon and Schuster, 1931.

6. *The Pleasures of Philosophy*, Will Durant, Simon and Schuster, 1953.

7. *The Lessons of History*, Will Durant and Ariel Durant, Simon and Schuster, 1968.

8. *Interpretations of Life*, Will Durant and Ariel Durant, Simon and Schuster, 1970.

9. *Autobiography*, Will Durant and Ariel Durant, Simon and Schuster, 1977.

10. *Story of Civilization*, Will Durant and Ariel Durant, Simon and Schuster, 1935 – 1975.

11. 维基百科相关词条。

斯蒂芬·古尔德谈屑

古生物学家古尔德(Stephen J. Gould)的书我一向爱读。此人谈生物、进化不用说，谈起文化和社会也有不凡的见解，可见一定的深度专业训练与广阔的视角结合，能催生奇异的化学反应。我读他的书，深感古生物、进化论这些话题，其实相当"社会"，渗透了文化习惯，也充满思辨的陷阱，因为未知和不规律现象太多。它涉及的逻辑推演，虽不像数学、计算机行业那么密集，但也相当可观。以我这个旁观者的臆测，因为不规则现象太多，极难抽象化，本来生物不能算科学，但毕竟人要研究它，不得不把它生生组织成一门科学，也不得不给杂乱的现象分类、贴标签，这其中当然有人类对自身认识在其中的投射，换句话说，往往把自己的经验镜像到其他动植物中（比如对雄性、雌性的认识）。但生物学历史也展现着科学家渐渐跳脱人类自我中心的积习，尽力客观地认知世界的过程。此外，那些涉及人的生物话题更不乏政治信息，古尔德写过许多文章，从生物学的角度驳斥种族主义和等级制度。读古尔德，我往往有这样大胆的想法：漫长的自然科学史，其实隐含着人类认识自身的线索，也隐含着人和自然的关系的线索，它可以跟思想史、文化史比照来读。

说到思辨，举个小小的例子，古尔德的早期文集《熊猫的拇指》中的同题文章《熊猫的拇指》，大意说大熊猫的拇指本来是"手腕"的一部分，后来出于握竹子的需要，演化成拇指的样子。事实上大熊猫原本是有五个"趾"的，但是为别的用途而设，并不适合握竹子，所以熊猫渐渐生出了个新拇指。而重复造一个新拇指，并不是一个高效的办法，不过材料正好在眼前，基因就用了它，并没有从长远考虑，什么样的设计是最好的。所以，进化没有记忆和计划，每代都在利用当前可能的东西，不知道过去的路途，也不会高瞻远瞩，极优极笨的设计皆有可能。这样的说法，在我眼里充满思维的美妙和惊奇，更让我惊叹进化论和自然选择背后有怎样深刻和宏富的内容。大自然和生物的对话很慢，慢得让人绝望，不知积累几代才听得到一点回响。而这种安静的对话，仍然有它的逻辑和韵律。

美国，据说是接受进化论程度最低的国家之一，十分奇怪。所以古尔德对进化论是苦口婆心，一谈再谈。不过，本文暂且不打算谈进化论，而是谈一个略小的话题，"艺术和科学"。他本人既是专业研究者也是个作家，算是跨界人士，自然喜欢谈"艺术和科学的关系"。对这个话题我一向有点兴趣，也知道谈法太多，见解太多，不容易证伪，忽悠起来无边无际。不过我对古尔德有一些出于"偏见"的信任：生物，尤其古生物领域，既然有如此之多的猜想和假设，合格的研究者，都会清楚地意识到自己已经做了哪些预设。古尔德就是这方面的典范,一边给出结论,一边反省并坦承自己的出发点可能先天地携带哪些偏见,并随时提醒自己和读者,认知有边界,推测有限度。

在一本文集《莱昂纳多的蚌山和沃尔斯会议》中,有篇文章叫做《"大西方"和特米雷勒号战舰》,说的是人们对"艺术和科学"的区分——开头这么说的,"人们都以为科学不断进步,艺术不断改变。如果哥白尼和伽利略从未出生过,也自会有人做出类似的发现……但如果米开朗琪罗从未出生过,西斯廷教堂虽然仍然会有穹顶,但人类艺术史则可能完全不同……"

真是这样么?

我们的社会中,确实不断重复这样的现象:工程师、技术人员以及多数科学家,很少进入公众视野,但艺术家则极易被当作英雄。19世纪,英国画家特纳有一幅轰动的作品,《特米雷勒号战舰》——老战舰"特米雷勒号"在夕阳余晖下的泰晤士河上,被拖曳船拉走——它马上就要被"肢解"了,这是最后的航程,调子十分感伤。而大船背后的重要人物,布鲁纳(Isambard Brunel)却极少有人知道。此人是英国工业史上最重要的船只、铁路制造者和工程师,经手制造的著名船只包括"大西方"。事实上,"特米雷勒号"的退休谈不上太伤感,因为布鲁纳的新船正在等待出发。特纳本人喜欢轮船,也喜欢铁路,他的最后一幅著名作品,《大西方铁路——雨、蒸汽、速度》上,所画的铁路就是布鲁纳建造的。特纳的大名人们都不会忘记,而工程师却从来不会被公众提及,工程师往往被当成可替换的人,反正不管是谁,都会做出类似的东西。笔者插一句嘴——这在现代社会中极常见,因为媒体总是会把焦点对准"生成现象"的人,就拿登月这件事来说,很多人都记得"第一个登上月球的宇航员",因为他那么可见、可捕捉,理应成为焦点,而造就登月的科学家、工程师则面目模糊,无可陈述。这种现象如此普遍,我们的语言,至少媒体的语言早已习惯如此,对科学技术没有相应的友好语汇来沟通,只给公众留下一堆黑箱,以及对现有成见的加强。

而工程师和科学家真的那么可替换吗?不错,如果达尔文没有出生过,进化论仍然会出现,但换了一个时间和地点,不知会引入多少变量。笔者也常常有这样的猜想:假如某些相对独立的科学发现的顺序改变一下,那么我们的物理学可能是另一种写法,甚至,如果牛顿的诸多成就没有集中在牛顿一人而是分散开来,科学进程也会有不小的改动。工程技术和物理学的互动就不用说了,技术的历史也不是唯一可能的结果,它也左右着科学进程。此外,尽管客观的事实仍然是事实,但公式的组织方式很可能是基于当下认知的产物,它们的走向,以及走向的走向,都有时间上的依赖性和一些文化性,并且,并非只有一种结局。

恰巧书中另一篇文章,《向上移动的化石》中提到的达·芬奇(也就是书名中的莱昂纳多),至少在传统说法中,正是一个受害于"不合时宜"的人,他的许多科学和技术思想,都因为远远走在时代前面而无法实现,而我们只能设想,如果时代为达·芬奇的工程设计准备好了条件,我们现在的世界将是什么样子。不仅如此,达·芬奇传奇的笔记莱斯特手稿(Codex Leicester)有许多关于空间的思考和观察,不少人(包括大英百科全书)都认为达·芬奇超越时代几百年。但古尔德认为,达·芬奇仍然是时代的孩子。他对古生物有着很深的思考,这在他的时代不奇怪,因为在中世纪至文艺复兴的时段,和圣经相关的生物遗迹乃是热点话题之一。比如人们常常在山上发现蚌的化石,很难解释为何水生动物会被大量冲到山上,不少人认为这是诺亚方舟时的洪流导致。达·芬奇不认同,他多年纠结于一个想法:地球的运动机制和人体的机理应该是相似的,或者说"人体是大地的缩影"。这在那个年代,对达·芬奇这个渴望解释世界的人来说,并不难理解,但他无疑被其中的技术问题困扰。既然有相似的机理,那么地球内部的水和物质也应该是可以移动,甚至推到表面上的?达·芬奇为此苦心画了很多图,构想了一些设备,"把地球内部中的水提到表面"。他的种种设想,对水、对化石的观察,几乎都围绕着这个中心,因为他必须面对这种"人与地球的终极和谐"。题外话:我读到这里不由想到,历史上,对"完美""和谐""统一"的追求,有时引向伟大的科学发现,有时则引向荒谬或保守,两面都有大量例子,实在不好一概而论。

总之,古尔德逐条评论莱斯特手稿中的图画和记录,并指出背后那个坚执的(尽管在今人看来颇为荒唐)的信念。他的意图是告诉读者,科学观念往往也是文化产物。在达·芬奇、伽利略的时代,文化

（包括信仰）对科学有着更强大的影响，而即便在启蒙运动之后，科学也是"人"的科学，从未完全独立于社会风气、时代精神。

在一本随笔集《我着陆了》（*I have Landed*）中，有篇文章叫做《艺术和科学相遇在〈安第斯之心〉：丘奇的画，洪堡之死，达尔文的著作和造化弄人的 1859 年》。《安第斯之心》是美国画家丘奇（Frederic Church）的风景画作。丘奇自年少时起，深受德国科学家洪堡（Alexander von Humboldt）的影响，洪堡是 19 世纪的著名科学家、知识分子和旅行家，十分推崇风景画，其旅行日志影响了一代知识分子（包括达尔文），并且有一套自己的科学、艺术相统一的和谐理念。洪堡是浪漫主义的孩子，有诗心和爱心，这在某些上下文中，应该是可贵的品质。而丘奇在成功的画展之后，希望把画作《安第斯之心》呈上自己的精神导师一观，惜画未送到，年近九十的洪堡已经去世。

同年，达尔文出版了《物种起源》，在当时恰恰是对洪堡的精神世界的致命打击——进化论和自然选择展现了大自然的无情，它只瞄准生殖和扩张。科学在精神层面的"正能量"毁灭了，跟艺术、心灵的良性互动也结束了，科学不断暴露出世界的血腥和残酷。许多作家、艺术家都无法接受达尔文的冲击。古尔德叙述这个事件的时候，发现丘奇在四十年的余生中虽然没有中断绘画，但再无伟大的风景画作出产。

古尔德自己也承认，丘奇后来的沉默未必由进化论造成，许多个人原因让他不再全力以赴地绘画。知识界、艺术家对达尔文的反应也并不都是负面的，洪堡自己就说过科学的发展会为艺术打开新的窗户。但古尔德的重点意思是，大自然并非为人类而设，她并不是总符合人类的心意。事实上，早在 16 世纪，伽利略的天文发现已经在暗示，地球仅仅是星球中的一颗而已，毫无特殊地位而言。达尔文也指出，我们的道德和心灵观念，应该自觉地限制在人类社会的框架之内，它不是自然界中"客观存在"的。而这一点认识，会给我们带来新的自由。艺术和科学的各自滚动更新和彼此的"挑衅"，难道不依旧是开放和无限的吗？那些认为科学窒息艺术想象的说法，实在是忽略了历史中大量的反例——这倒是我的发挥了。

《我着陆了》一书中另有篇文章题为《没有无幻想的科学，没有无事实的艺术》，讲的是艺术和科学在另一类场合下的关系——从作家纳博科夫对鳞翅目昆虫的研究，引出科学和艺术两者各自的价值判断（这算老生常谈），但新鲜之处是指出当某一个体同时涉及科学和艺术（尽管其中一项相对业余）时，思维习惯在两个领域会体现出类似的表现，以及不同的结局——因为各领域有自己的要求和纪律。

纳博科夫的文学成就和生平，对不少读者都不陌生。大家都知道他搞昆虫学、到处追捕蝴蝶，其工作确切地说是"鳞翅目分类学家"。他在美国自然历史博物馆工作过，还在哈佛的比较动物学博物馆中做了六年全职的研究员（research fellow）。纳博科夫对蝴蝶并非只是当作业余爱好，而是真心地投入，甚至发表了十几篇论文——如今，以纳博科夫的文学影响，连他的昆虫话题都有评论家出专著讨论了，还不止一本。

不少文学爱好者或许会想，这个可气的家伙如果将这大把时间用在写作上，该多写好几本好小说吧？古尔德也这样认为，不过他一再强调，纳博科夫的蝴蝶专业修为，绝对不是业余水平，而是非常职业化、受尊重的研究者。古尔德又说，那些把纳博科夫的蝴蝶研究当成普通消遣的人，是不了解这一行的专业评判规则。不错，纳博科夫做研究的工资很低（同时他在一所大学里教比较文学），一顶研究员的帽子也不算灿烂，但在这个领域里，绝不意味水平不高。"我在1968年也拿到了这个位置，当时一些世界顶级的研究者，头衔都是'业余爱好者'，在哈佛拿着'每年一美元'的象征性工资"，古尔德说。

纳博科夫一生中，几乎没有哪件事比蝴蝶让他持续更久的热情。他从童年就迷上了蝴蝶标本，到六十几岁的时候还表示深恨时局的限制，让他无法周游世界，甚至去亚洲收集标本。"我本来可以拥有一个私人博物馆的。"在许多通信中，他都热烈地表达自己对在田野里收集标本的痴迷，他给作家威尔逊的信中说："伙计，这是世上最高贵的体育。"毕竟是作家，不管表述什么情感，总有自己抓人的办法。纳博科夫在一次采访中说，"自从我离开博物馆，就再也没有碰过显微镜。不然的话，就会再次身陷其中无法自拔。所以，我至今，或者说未来永远不会再取得研究上的更大成就了。"

纳博科夫在科学上投入的心血和感情无可争议，另一个无可争议的事实是，他在文学上投入的时间的确因此少了很多。对于"如果纳博科夫如果不做研究，写小说是否会更多更好"这个未发生的事情，人们只能臆测。

古尔德举出两种他反对的见解，第一是上面提到过的，"纳博科夫

205

浪费了自己的生命",第二种是认为"纳博科夫的天才如此超拔,他无论做什么,包括研究鳞翅目,都有独到的贡献"。有人还试图从他的鳞翅动物研究论文中发现"天才的灵感"。古尔德表示,虽然纳博科夫作为一个分类专家是够格的,但自然史学家都不会认为他有什么革新、先锋的发现,他的工作性质本来就是整理、归类,并且至多是个可靠的整理者,这跟他在文学上的地位完全不可相提并论。他是个细心但保守的观察者,没有高度的抽象归类,也就没有对理论的推动。纳博科夫肯花工夫,对细节呕心沥血,这在分类学者中也是突出的,但这并不能作为成就的佐证。

还有个评论家,赞美纳博科夫的研究超越了他的时代,因为他对某种鳞翅不仅仅展示它本身,还获得了相关物种的全面信息。古尔德说,意到物种之间的"变奏",确实是个有意义的话题,但这并非纳博科夫独有,他没有比别人走得更远。

纳博科夫对达尔文的进化论颇有怀疑,也有人赞美这体现了他挑战权威的勇气。古尔德则不以为然,指出纳博科夫的质疑既无新意,也没有证据。至于纳博科夫的论文写作,有人说"充满了写作的技巧","很遗憾",古尔德说,"我仔细读过他的论文,希望从中找到文学的特点,可惜从未发现任何与众不同之处"。

这样说来,古尔德不认同纳博科夫在鳞翅目研究中的神话,也不认同他的研究完全是"浪费生命",那么他的观点就剩了一种可能——纳博科夫的研究性思维,给了他独特的习惯和风格,对写作的影响很大,尽管损失的时间可能降低了他的产量。具体说到蝴蝶对文学的影响,纳博科夫喜欢在自己的作品中不断提到蝴蝶的名称,也会顺手拈来昆虫学术语,这没什么好争议的,但有不少批评者说他喜欢用蝴蝶制造隐喻,就不好确定了。纳博科夫自己不仅多次坚决否认,还会觉得那样做是"亵渎"的。古尔德指出,纳博科夫虽然多次写到蝴蝶,但总是停留在表面的细致描绘上,并没显出深意。

反过来看,纳博科夫的写作对研究工作有没有帮助?古尔德认为,从可见的证据来看,负面影响倒更明显,比如对进化论充满意气的批评,显然是用文学中的想象和激情来代替实证了。

总之,古尔德认为,在 20 世纪的思想者中,纳博科夫提供了一个绝好的例子——展示了同一种思维方式在两种传统和期待极为不同的领域(文学和科学)所体现出来的东西。批评家都强调了纳博科夫的写作中对细节极度的沉溺和不妥协,这没有错,但文学批评家们容易认为分类学家的职业就是"实验室里的苦力",但纳博科夫对解剖学上的准确有着发自内心的欣赏。《爱达》中的德蒙就这样说过,"如果我能表达,我会热烈地,连篇累牍地讲述,艺术和科学怎样在昆虫中相遇!"

纳博科夫的两个职业,显然在"追求细节"方面有着交集,它甚至渗透了他的道德观念和美学。对他的生平稍微了解的人都知道,他对象棋也很投入,在象棋杂志上发表过文章,更体现了他的思维特点——既追求创新和想象,也追求计算和精确。当然,追求细节是分类学家或棋手的基本纪律,在文学上则见仁见智。古尔德举了个例子,在华盛顿的航空航天博物馆中,有一群盲人来参观,可是其中最大的一架飞机悬挂得很高，盲人不可能感知它。讲解员表示歉意，说因为飞机太大，下面实在放不下，并且问盲人们，如果下面摆放一个模型让大家来触摸，会不会有帮助？一个盲人说，"会的，不过它必须放在那个'看不见的原件'的正下方"。这从一个盲人嘴里说出来，算不算幽默？古尔德举这个例子，说的是如果真品之真（美学或道德上）对我们真有触动——并且是在无"原件"可以对照的情况下，那么环境要提供清晰的条件和上下文才有可能。这样说来，纳博科夫的极力求细，往往不能被人理解。

古尔德说，的确有许多研究者在细节的研究中形成只看树木，不管森林的毛病，甚至纳博科夫也算一个，但这并不是关注细节的必然结果。他非常反对那种所谓"现代"的自由：认为只有去除纪律的"镣铐"，自由的灵魂才得以现身。纳博科夫认为（也是古尔德所激赏的），精确作为美学和道德上的高级追求，来自我们与平庸日常的搏斗。纳博科夫的想法是，严格刻苦的训练，往往激发而非压抑人的创造力。古尔德说，可惜这往往是科学家而非艺术家的准则——即便在科学家中，也有不少成见认为，伟大的灵感总是和忽视细节相联系——潜台词是，如果精力都用在细节上，必然没有力气做出抽象层面的发现。可是，古尔德说，这种想法的出发点是，人的精力和想象力好比小孩子的零用钱那样有限，一旦拿掉就会变少，可事实上，很多智力因素是彼此激发，越用越多的，许多伟大的创造者，同时也是纠结细节之人，比如达尔文。纳博科夫则说过，"我无法分开面对一只美丽蝴蝶时的快乐和从解剖学角度了解它的快乐"。

不过，本读者要在这里表达一些异见。以我的个人体验来看，我非常赞同纳博科夫和古尔德的看法，我自己也时时从深入细节中获得启发。但如果向更广阔的历史方向看去，人的神经类型、思维习惯有多种，纳博科夫式的作家不少，跟纳博科夫相反的作家也不少，以灵感和神思为途的伟大艺术家是存在的，不愿或不能欣赏理解科学的文学家、艺术家更是大有人在。文学和艺术，自古以来确实包容了很多难以纳入其他框架的东西。而科学和艺术的分野，是一个随着时代而变的话题，不过，和两类领域彼此隔绝拒斥相比，我起码愿意媒体致力于"去神秘化"，致力于沟通而非阻隔，多打开几扇窗而非加强现有成见。至少，这会给公众认知甚至我们的语言结构带来一些改变——而我相信，这可能是一种有趣的改变。

参考文献

1. *I Have Landed: The End of a Beginning in Natural History*, Stephen J. Gould, Harmony Books, 2002.

2. *The Mismeasure of Man*, Stephen J. Gould, W. W. Norton, 1981.

3. *The Panda's Thumb*, Stephen J. Gould, W. W. Norton, 1980.

4. *Leonardo's Mountain of Clams and the Diet of Worms*, Stephen J. Gould, Harmony Books, 1998.

星船与大树

一　树上的乔治

《星船与木舟》(*The Starship & the Canoe*, 1983)这本传记,我辗转买到,十分庆幸。书的主角是对神奇的父子俩,我一直就渴望了解。父亲弗里曼·戴森(Freeman Dyson)是 20 世纪最杰出的物理学家之一,他的传记早有人写了(或者迟早有人写),他的生活不会被忘记。儿子乔治·戴森就不同了,此人从小不爱上学,高中没毕业就从家里逃出来。现在乔治六十多岁,在几次讲演中都开门见山地介绍自己是 high school dropout(高中辍学生),身无长技。不过,他是个了不起的作者,《图灵大教堂》是计算机早期历史的开山之作,但他更自豪的是造船过海的经历,而那个"树上的房子",一生也不会忘记。

乔治 1953 年出生于普林斯顿大学中的"科学望族"中,可以吹嘘的一件事是"连保姆都是爱因斯坦当年的秘书",除了爸爸是物理巨匠之外,妈妈也是不凡的数学家,日后姐姐艾瑟成了很多互联网公司的重要投资人。不过,"令人不解的是,乔治从来没显示过他父亲那样的数学天才痕迹"。小时候,最感兴趣的是玩船模,种花,自己一个人闲逛,很少有朋友。十三岁的时候,摊上了大事:有一天骑车突然昏倒,失去知觉,进了医院。后来,人们发现他在吸大麻。再后来,警察在他房间里发现了大麻籽,直接找到学校。"我在同学面前从来没有过这么高的地位——学校里秘密吸毒的孩子可是最神秘最酷的人。警察把我的手铐在双腿之间。"这个从小在普林斯顿养尊处优的男孩,突然就结束了一种人生。

在监狱里,黑人孩子教他打篮球,算是他不多的"集体活动"经验之一。此时,爸妈已经离婚了。弗里曼对乔治很生气,想让他吃个教训,不肯保他出来。妈妈看不下去了,一星期后保出了他。乔治对爸爸也很生气,终于有一天,独自在林子里过起了"野人"的生活。他待的地方,是远离家乡的加拿大哥伦比亚省,因为参加姐姐的婚礼来这里闲逛,喜欢上了这里的皮艇,就决定在温哥华市的布勒内湾(Burrard Inlet)里住下,之后就是树上房屋的传奇。

看上去,少年乔治的生活,有点梭罗的味道(他并没有模仿梭罗,但他跟梭罗一样是素食者[1],吃豆子当主食)——不过他比梭罗还先进:梭罗造自己的房子花了19世纪的二十八美元,而乔治只花了20世纪70年代的八美元,还是大树上的"高端"房屋,挂在十层楼那么高

---

[1] 乔治和很多素食者一样,可以吃鱼。

的地方。此外，好歹梭罗还是成年人，算是知道自己要什么，乔治当时那么小，对感兴趣的生活和梦想说干就干，锲而不舍，也不知从哪学来的手艺——多年后，乔治回忆自己是读了18世纪英国探险家库克的游记，受的启发。在这棵在风雨中飘摇，居住着无数小动物的大树上，乔治度过了春夏秋冬，闲暇时就长读各种探险游记。冬天呢，用滑轮把两大捆木柴拽上树，在连续阴雨的天气里发呆。他常常穿得破烂，每天赤脚走路，爬上爬下，跟"飞翔"的松鼠为伍。那十层楼高的地方，乔治喝醉了或者闭着眼都能爬。有时，树林里来了罕见的大风暴，大树疯狂地摇摆，而他安然睡着。

乔治很瘦很高，长长的身躯都无法在小房子里伸直，不过房子有五扇窗户，可以舒服地观看海上的船。晚上，房子里点燃了小小的炉火。松鼠常来捣乱，偷吃的，拉屎，甚至开始拆他的房子。乔治终于生气了，不过还是没有杀生，而是捉住三个领头的坏蛋，送到几十里外丢掉了。

这棵大树还不是梦想的终点。他打算的是遍游附近几百公里的海湾，从温哥华岛到阿拉斯加，沿海岸盖很多房子，并且随意划船游玩。几年来，但逢雨季，他在自己的房屋里读关于造船和旅行的书籍，照各种模型打造皮艇，从小型的开始，越做越大。夏季，则出门远行，寻找材料改进自己的船。

他还帮当地人造了一艘大船，快开船那天，乔治却不小心从船上掉下去，半路活活挂在金属柱上。人们来"摘"他，结果滑倒在他的血泊里，让他再一次被挂住。夜晚是在手术室里度过的，可是他第二天清晨就跑出了医院,因为不想错过开船的时刻。

后来,他常常乘这艘船出海。远离社会,远离文明,一切都那么容易。在这个被称为内湾航道(Inside Passage,包括阿拉斯加到哥伦比亚省)的地区,有许许多多的原住民部族,比如海达(Haida)、阿留特(Aleut)、因纽特人(Inuit)等,他们的生活是内陆人想象不出的,食人鲸在眼前出没是常事。歌手们在船上弹唱,鲸在船附近兴奋地跳跃,"这才是真摇滚",乔治赞叹说。他迷上这些雕刻木头面具、编篮子的原住民艺术家,还有他们造了几百年的船,既结实又优雅。说到加拿大的西海岸,因为物产丰富,两百年来吸引了很多人口。他们的生活比较悠闲,因为随便在海边捡些食物、砍一些枞树就可以解决大部分生活问题,所以这里有很多艺术家。如今,著名的哥伦比亚大学人类学博物馆展现的正是他们的艺术——图腾柱、木雕和种种朴拙的工艺品。乔治对这个博物馆不屑一顾,"干吗不去经历他们的生活"?

一般来说,二十出头的美国或加拿大青年,不是读大学,就是在打工,乔治则独自逍遥世外,年复一年。食物和燃料呢?"我的船不用燃料,至于吃什么,身边太多各种海味,浮木到处都是,我点火烤鱼就够了。"

乔治最迷恋的,还是当地人的造船手艺,尤其是阿拉斯加州的拜达卡(Baidarka),这是阿留特人的皮艇,一般用海狮皮作表面,它是阿留特人的日常交通和海上狩猎工具(比如掷毒矛猎鲸),极轻极快。传说中的阿留特人很强壮,一两人乘一艇,高手简直是人艇合一,在巨浪

213

中掉转自如，或有几分"轻舟已过万重山"的味道，不过那山是冰山。

当地跟欧洲的大面积接触是18世纪，但早在16世纪，俄国人就悄悄来到这里，占领了部分资源，并且开始做皮毛生意。俄国人学会了拜达卡，也做了很多改进，比如把两人舱变为三人舱，一前一后都是划船的阿留特奴隶。20世纪初以后，拜达卡渐渐绝迹了。乔治了解了它的背景，兴趣越来越浓，到处搜集关于拜达卡的史料——早期阿留特人没有文字传统，大部分历史早已流失，只有少数俄国人、欧洲人留下一些游记。乔治则野心勃勃，要从种种蛛丝马迹中复活这门手艺。渐渐，他的船越来越大，越来越好，必要的时候可以用帆。而那些战胜巨浪的时刻，真是幸福的回忆。

乔治一趟趟地出海，沿着这趟内湾海岸线。在常人眼里，这样的旅行可以说吃尽苦头，在那些危险的时刻，乔治也会颤栗。途中见不到人，读不到只言片语，眼里几乎没有任何文明的痕迹。不过偶尔也会遇到旅伴。有一次传奇经历是，一个驾驶着机动大船，拖带着好多货物（包括20吨草、自家的钢琴和枪）和牲口的家伙马丁，因为需要帮忙，跟乔治认识了。马丁是要赶到海湾跟妻儿团聚，乔治索性把自己的船拖上大船，跟他同行，一路上遇险无数，在大船的燃油用光的时候，幸运地撞上了人家的拖船。最后马丁平安抵达，跟妻子团圆，乔治给他干了些活，挣了点现金，然后继续往阿拉斯加方向赶路。夜间他躺在沙滩上，远处森林里传来狼嗥，而海中传来鲸的声音，两种声音竟然有一种和谐感，好比大地和月亮静静相望。

二　木舟

　　《星船与木舟》的作者肯尼斯为了写作此书，乘乔治的船同行。同时还有几位研究所的科学家搭他的皮艇（正好乔治需要挣点现金），于是他不再形影单只。此时，乔治不到 24 岁。

　　旅途中，也常常登岸、爬山。有一次乔治打算找点羊毛给自己做一件毛衣，他们就尾随山羊，一直爬了半天山。据肯尼斯观察，乔治人很平静，沉默寡言，没说过什么浪漫有趣的话。偶尔心情不好，他就一个人出去转转，找材料做点什么东西来排解。有天晚上，同行的科学家拿出烈酒请客，乔治酒后好像变了个人，突然谈起自己的家，说起父亲和自己的姐妹们。他说是父亲根本不想见到他，可是他渴望和家人团聚，做梦也想见到他们。微醺之际，乔治说出了让大家更吃惊的话：他要造大船，要有自己的小孩，现在常常幻想的是自己的小孩在船头爬来爬去。"我知道你们觉得我越来越怪，我没跟女孩在一起过……现在我没别的办法，只能在船里生活……等我有了大船，才能有小孩……"天，这个野人般的年轻人，他曾经有意逃离家人和社会，他知道自己在说什么吗？酒醒之后，一切复原，他继续沉默。

　　后来，乔治辞去运送科学家的工作，船上只剩他们两人，从阿拉斯加驶向温哥华。路上偶尔遇见的人，听说他们要驾船到温哥华，都笑话他们疯了。

一路上，病了怎么办？乔治有天重感冒，就默默在船里躺着，还有一天肯尼斯觉得阑尾发炎，乔治听说了，自告奋勇说，"我有办法。我一直留着根鹿角呢，给你钻个洞，就能弄出来，印第安人就是这么干的。"肯尼斯忙不迭说"不了，谢谢"。

乔治自己造的拜达卡有一些独特的设计，比如把坐人的地方放得很低，这样你总觉得自己在海平面下一点点，这样才能学会不害怕水。在这极孤独的船上，两个男人满手血泡（还沾满咸腥的海水），话越来越少，连寒暄都懒了。乔治有时冰冷而执拗，本来就不欢迎肯尼斯来写书，一见肯尼斯打开笔记本，就索性一言不发。一路上倒是经历奇景无数，见过大堆水母，也远远望见鲸在喷水，乔治则常常跟海豹低语。对肯尼斯来说，一天又一天划船的日子很枯燥，但也常有奇异的体验：比如好几头鲸在近处的时候，好像沉睡的众神，两个男人则像小孩子一般悄悄地听它们呼吸。

最后，实在吃不消的肯尼斯在中途搭乘轮船离开了，乔治独自回到温哥华，回到他的树上的木屋。肯尼斯也来了，被邀请爬到树上，细看他的环境——乔治不在的时候，这里可真成了松鼠的乐园，松塔丢得到处都是。树下，停着一只他自己造的十四米长的皮艇，能坐六人，可以说是有史以来记载的最大的皮艇，乔治给它取名"Mount Fairweather"（原意是加拿大西部到阿拉斯加海岸线中的雪山）。房子里居然有一些书，除了游记、航海指南，竟还有本杨振宁赠送并签名的一本粒子物理的小书，那是他小时候，爸爸的朋友杨博士送的。乔治说他看不懂，也不喜欢——不过，天知道几十年后的乔治变成怎样一个人！

三　通往火星

　　另一个平行世界里，活着本书的另一主角，乔治的爸爸弗里曼。
他的发展道路也十分独特，比如，博士期间就取得了相当的江湖地位，
最终却没拿到学位。不过，弗里曼的故事还是比乔治好讲，毕竟历史
上已经有了那么多科学天才，归类不难。

　　他 1923 年生于英国，自小就显示出数学和物理才华。从剑桥毕
业之后，他参与了二战，自己被战争的恐惧笼罩，同时为盟军效力，他
的工作大概地说，就是应用数学原理是让轰炸更准确有效。据他后来
回忆，当时德军杀死一个英国人的成本是一吨炸弹，英国人杀死一个
德国人是三吨，所以降低英方成本是当务之急。弗里曼的工作当然有
成效，但他不可能以杀人为荣。多年后他痛苦地说："我和那些战犯都
杀了很多人，他们战后进了监狱而我没有，这是唯一的区别。"战争中
的经历，让他成为彻底的和平主义者。

　　战后不久，弗里曼在普林斯顿高等研究院工作（爱因斯坦、哥德
尔、杨振宁、李政道等人当时都在这里），也从此定居美国。此时他的
上司是奥本海默。弗里曼当时的成就之一是，"说服奥本海默接受费
曼的量子电动力学"，奥本海默给了他一个终身职位，奖励他"指出我
的错误"（奥本海默语）。几十年里，奥本海默不仅是弗里曼的上司，也
是朋友和支持者。麦卡锡时代，奥本海默遇到很多麻烦，弗里曼说，如

果奥本海默被高等研究院解雇,他自己就会回到欧洲,因为美国这个地方不值得久留了。

1957年至1961年,弗里曼的时间花在"猎户计划"上。这是个神秘的项目,至今部分保密,因为涉及原子能。它的想法,简单地说就是,飞船不断发射核弹来获得推力登上火星。核能用做升天的推力,这个想法最早来自研制氢弹的核心人物,波兰科学家乌拉姆(Stanislaw Ulam),弗里曼迅速接受了这个看上去疯狂的主意。二战时,他参与了用核弹袭击的工作,而核弹不光是用来杀人的,它现在可以为人类做有益的事情。

飞船进入太空,最大的障碍是逃脱地球引力。怎样获得足够的动力呢? 当时在竞争的是两种想法,一是用化学燃料,二是飞船以脉冲的方式不断发射核弹,直到进入太空。NASA接受的是较传统的第一种,弗里曼感兴趣的是后一种。化学燃料的方式,效率太低,大部分能量都用来运载燃料本身上。而脉冲运行呢,能量要靠脉冲方式一下一下发射核弹来获得,效率高出许多倍,但发射将产生巨大的热量和极高的温度(高于1万度),通常会融化飞船本身。后来,大家发现只要保证发射的时间足够短(比如若干毫秒),飞船就不会被损害。据估计飞船要携带上千颗核弹,不光加速,减速登上火星时也需要发射。精确控制核弹的发射间隔,是最大的工程挑战。

弗里曼的名声以及当时的冷战时局,帮助项目获得了政府的资助。现在,弗里曼不仅是著名理论物理学家,对许多应用领域也无所不知,简直拥有全知全能的视角和一眼参透事物之间联系的能力。跟他合作的核心工程师泰勒(Ted Taylor)称赞弗里曼是他见过的最有智慧的人。这时,美国人害怕苏联人在任何地方领先,空间更是个敏感词,尤其是,当时苏联已经发射了一个人造卫星(Sputnik)。弗里曼并不醉心冷战,对他来说,猎户计划是个快乐的团队,因为项目太新,没有权威,人人都在摸索,充满科学的本来乐趣。弗里曼虽贵为著名科学家,但一生都颇有平民精神(出现在时代周刊封面上的时候,有人说他穿得像个战犯),希望登上火星是平民可为的寻常之举,"像开往澳大利亚的五月花号那样低的成本"。

猎户计划有一天终于看到成功的希望。1959 年 11 月,他们测试了一次五十多米高度的飞行,炸弹和脉冲飞行看上去很稳定——后来乔治在《猎户计划》一书中记录这次内华达荒漠中的实验,轻松地写道:"附近有鹿和野狗被吓着了,有黄鼠狼释放气体反击了,但飞船安然无恙。"弗里曼和同行们都相信在有生之年能看到人类登上火星并移民,然而因为 1963 年多国签署的"部分禁止核试验条约",也因为它可以轻易地被军事或者恐怖分子利用,这个策划于五十年前的"星际旅行",最后无疾而终。弗里曼本来就支持禁止核试验条约,所以能接受现实。从风险来说,一次火星旅行的核辐射量,可能导致一人患癌症,弗里曼不能接受这样的结果,坚信如果不能完全避免伤亡,就决不使用它。当然,放弃猎户的结局令他痛心,后来写了篇文章《一个项目的死亡》[1],惋惜这个历史上第一个因政治而非技术原因夭折的,文明

---

1 http://www.patrickmccray.com/wp/wp-content/uploads/2013/11/1965-Dyson-Death-of-a-Project.pdf

的突破。

猎户计划让弗里曼思虑了很多社会与科学的问题。此外,由于早年战争的创伤,他本来就很关切科学伦理,出版过好几本科普文论集,有时语出惊人,一般的"公知"跟他相比都显得太温和,因为他常常放眼千年以后的人类。在科学预见的大胆上,他不是追赶科幻小说,而是带给科幻作者灵感的人。比如以他命名的"戴森球"(Dyson Sphere)——假如人类还能生存几千年,对付能量危机可以应用一种包围恒星的巨大球壳,来吸取并捕获恒星的能量,让太空成为可游可居之地。

弗里曼是怎样一个人呢?他看上去弱不禁风,羞涩而安静,声音低如耳语,不管有多么激烈的想法,态度总是温和礼貌,从不伤人。他拿过不少物理界的荣誉,却从未获得诺奖。在被认为很可能获奖却终于失望的一年,他正在给《科学》杂志写专栏,需要介绍当年的获奖者——也算是竞争对手。这一点对 ego 的损伤,他坚持过来了,落落大方地赞美同行,丝毫不提自己的贡献。

四 告别

1975 年夏天,乔治那条十四米长的 Mount Fairweather 终于完工,乔治说他没怎么用工具计算,但测量得很仔细,不管外观还是坚固性,都追求完美。这时,他跟父亲正打算重聚,这只艇也让乔治能向父亲展现自己的意义了。

此时,肯尼斯和弗里曼从加州的拉霍亚(La Jolla)出发,同行来见乔治。"我吃惊的是两人的相似。"肯尼斯回忆说。不同之处也很多,弗里曼总是穿着鞋,总是吃汉堡包,乔治绝对不会这样。最后他鼓起勇气问弗里曼,跟乔治见面的时候,是否介意他在场。弗里曼想了想说没关系,说不定更好,"这样不会出什么事情"。最终,弗里曼来到了乔治的大树下,显得很震惊。他没有爬到房子的高度就从树上下来了,仔细观看四周。同行的还有弗里曼的一个女儿艾米莉,乔治同父异母的妹妹。她还小,只记得十几岁时离家的乔治是个脏得要命的男孩。几人乘轮船来见驾船前来的乔治,站在温哥华岛的黑暗天色中默默等待。乔治慢慢走过来,看清了他们,有点尴尬地微笑,然后他们握了手。

大家话不多,乔治带他们看看周围,带父亲上自己的船。弗里曼就像一个科学家那样仔仔细细地查看这只船,赞扬它的坚固。乔治无声地划船。

早餐时候,食物是刚刚从海里弄出来的稀奇古怪的生物外加葵花籽什么的,乔治用碎木头和刀给大家刻出勺子,一眨眼,餐具就准备好了。肯尼斯这才发现,二十多岁的乔治,双手比父亲苍老得多。"你不知道我这五年在干什么。"乔治说。"我很高兴你现在跟很多人在一起。我以为你完全是个隐士,我不喜欢隐士。"弗里曼说。后来,乔治习惯地抽了支大麻,周围有些熟人也开始抽,乔治想了想,递一支给父亲,"我想,你现在在这儿,所以……不过?"弗里曼立刻说,"不了,谢

221

谢。"毕竟,他们不是一个阶级的人。

书中写重聚这一段,尽量描述平静的细节,却引起了我这个读者太多的感慨。人生和人生的距离,比山峰之间还遥远,但有些交汇又如此神奇。道别之前,父子俩坐下来聊了两个小时,乔治认定这个世界出了很多问题,他想让世界干净一些,起码自己可以做点这样的事情,影响世界。弗里曼赞同这个想法。乔治离家整整五年了,现在给父亲讲树林里的故事,还有那个拖带马、牛、几吨草料和钢琴的马丁,一齐大笑。肯尼斯回忆,他们笑起来抖动肩膀的姿态一模一样。

告别的时候,弗里曼跟肯尼斯说自己不相信那些部族跟鲸对话的事情,"那不是科学,是崇拜。可是这在科学家中也不少见,有些天文学家对望远镜也是这种感情。"这也是典型的弗里曼的话,他熟知太多的科学界故事,但也能尊重和欣赏别的文化。因为他理解人,理解理性和理性的边界。

此后,终于有一天,乔治真的有了梦想中的女儿,他甚至结了婚,离开树林,把宝贝船也留在树林里,到城市中安顿下来,买了房子,拥有了自己的小小皮艇公司。不过,他不忘初衷,创建了一个"拜达卡历史学会"(Baidarka Historical Society)。

肯尼斯呢,曾经预言乔治的复活拜达卡的事业如同堂吉诃德的风车,不会走太远,他一定会转向别的事业。他的预言对了一半,乔治渐渐不大有时间自己造新船了,他的公司主要卖些零碎材料,帮助想造船的人。真正的改变是,这个曾经拒绝一切科学,固执地用自己的一套理论解释世界的人,日后不但用计算机辅助设计(CAD)来设计皮艇,还写作了《猎户计划》《机器世界的达尔文》以及最著名的,花十年写完的《图灵的大教堂》。其中《机器中的达尔文》相当复杂深邃并有预见,而《猎户计划》一书的历史地位举世无双——猎户计划至今仍部分保密。对其中可为人知的部分,无人能比主角之一弗里曼的儿子知道得更多。这些书,讲的都是 20 世纪的科学和科学家,尤其是数字宇宙、机器智能之类的东西。

他也常常被各种科学讲座邀请。如今,他穿得整整齐齐,平静坦然地与听众分享 20 世纪后的科学奇迹。他介绍过自己生长的,充满叛逆的环境。爸爸不用说,妈妈瓦莱娜(Verena Huber-Dyson)也是位奇人。据弗里曼的传记[1]说,早年她带着自己的小孩糊里糊涂地嫁给了社交笨拙的书呆子弗里曼,生了乔治和艾瑟。原本在数学上大有前程,后来她彻底成了全职太太,很不高兴。有一天,她跟一个数学家有了绯闻,弗里曼知道了,要求离婚。新欢则向她许诺,如果肯搬到斯坦福,保证让她继续研究数学,她接受了,拒绝了弗里曼后来反悔的请求。风波过后,她发表了重要的数学论文,成为伯克利分校的教授。这个结局,对她也算公平。

在一个 BBC 的纪录片《猎户计划:保密的星际飞行计划》中,乔治说自己十几岁时跑到树林里,部分原因是想逃脱父亲的阴影。父亲无所不能,但他毕竟没在树上盖过房子! 看上去,父子在物理世界中和解了,他们的生活开始重合。但他们仍然是不同的人。

---

1 *Maverick Genius: The Pioneering Odyssey of Freeman Dyson*,by Phillip F. Schewe,2014

乔治的早期生活吸引了一些公众注意，因为这本传记的面世，引来不少人拜访、拍照。但他并没有刻意制造传奇，一心只想找出历史上的皮艇的样子，把它带回到世界上。后来，这个从来没读大学的人获得了加拿大维多利亚大学的荣誉博士学位，奖励他"复活拜达卡的独特贡献"。2014年，那只十四米长的皮艇搬进了乔治的公司的地下室，作为青春的留念。

现在他仍然常常独自出行。"我不喜欢那种几个小时、两三天的航行。我也不要那种预知细节的航线，我喜欢天天都不确定的旅行。有时一天前进九十英里，有时只有几英里。只有这种路程才有意义。"但笔者从来没见过乔治描写出海航行的内心感受。这种大可激动人心并卖座的情绪和经历，他好像都留给了大海和皮艇，或者自己默默地消化了，没有用它去换来可读可见的成就，甚至没有兴趣让它抵达别的心灵。他跟父亲都声称自己不喜欢逍遥世外，但他们又都有孤独的一面。弗里曼没有造成登上火星的飞船，但他有自己广阔的疆域盛装梦想。乔治真的用船和大树给自己造了小小的乌托邦，也许在这一点上，他赢了？他的确有点小小的得意。不过他更喜欢表达的是，自己已经写完了该写的东西，也许是回到森林和大海的时候了。

参考文献

1. *The Starship & the Canoe*, Kenneth Brower, Perfect Bound, 1983.

2. *Turing's Cathedral: The Origins of the Digital Universe*, George Dyson,

Vintage, 2012.

3. *Baidarka the Kayak*, George Dyson, Alaska Northwest Books, 1986.

4. *Darwin Among the Machines*, George Dyson, Basic Civitas Books, 1997.

5. *Project Orion: The Atomic Spaceship 1957 – 1965*, George Dyson, Allen Lane, 2002.

6. *Maverick Genius: The Pioneering Odyssey of Freeman Dyson*, Phillip F. Schewe, 2014.

7. George Dyson: From Tree House to Turing's Cathedral, http://www. adventuresnw. com/george-dyson-from-tree-house-to-turings-cathedral/

8. The Secret Project Orion: Documentary on the Classified Project Orion Interplanetary Space Flight (BBC Film).

戴森的数字宇宙

科学史家戴森(George Dyson)早年的传奇，我在《星船与大树》一文中略有讲述。身为大物理学家戴森(Freeman Dyson)之子的乔治从高中辍学，跑到树林里，在大树上住了几年，又学着造船出海。若干年后，他却突然成为一个计算机史家。最近的两本书，《机器中的达尔文》和《图灵大教堂》，讲的都是 20 世纪初的科学界，重点是早期计算机的发展史。他自己不做技术，这一点，跟许多"圈外"人士一样，有利有弊。他有时会因为对技术细节缺乏实践而把握失度，但他对各种电子技术、物理、数学原理的了解，有着惊人的深度、广度和洞察力，不是光追捧冯·诺依曼、图灵这种主流名人，而有着自己的品味和嗅觉。有人问他怎么想起来写计算机历史，他说当年自己住在树上，常常被周围生命的"野相"吸引。那时，他给轮船打工看机器，常常特意挑选下半夜，这样可以看清楚晨光、鸟鸣以及荒野里许多秘密，那是无序、无法讲述的自在生命。早期计算机历史也是如此，它在草创之际充满芜杂的可能性。其实它又很难提炼出独立的历史,跟生物、气象、物理等科学编织在一起。

一

《机器中的达尔文》一书,更像一本思想史。在本书序言中说,"我的生活和这本书的主题,就是追寻生命和机器之间的一种妥协。这个世界的牌桌上有三个玩家:自然,人和机器。我坚决站在自然这边,但我怀疑,自然又是站在机器这边的"。

书中一个重要人物,是生于意大利的数学家巴里切利(Nils Aall Barricelli)。他是 20 世纪 50 年代最著名的"人工智能"实践者。他的正经职业原是生物研究,后来才扩张到数学。他是个聪明、独特、不妥协的人,假如偏巧留大名于后世的话,种种桀骜不驯的轶事一定会被大书特书。比如他的博士论文有五百页,是关于气象变化的,答辩委员会建议他砍到十分之一长才能接受论文,他索性毫不在乎地放弃了学位。

三十九岁时好不容易拿到美国签证,到了 IAS(Institute of Advanced Study,高级研究院)。由慈善家班伯格兄妹投资建立,当初的理念就包括"无用的知识",也就是理论研究,爱因斯坦、哥德尔等等顶级科学家都曾在此工作。他在 IAS 的位置是无报酬的"访问成员",后来自己独立做研究,也自掏腰包雇人。在怪人辈出的 IAS,巴里切利仍然落落寡合,没什么志同道合的人。他的狂放留下不少故事,尤其喜欢拷问一些公认的结论。比如冷战期间,外星人的存在与否对美苏都是敏感话题,但巴里切利提出,真正的问题不是他们存在与否,而是我们能否辨识他们。"以人类目前的知识,远远不够想象出外星生命的形态。"他还一直怀疑哥德尔的不完备定理。他招学生有一项考试,就是要求他们指出某段证明的错误,有人说他打算以后造一台机器,专门证明或者证伪一些公认的定理。有人说,每个世纪的科学家都需要两个巴里切利这样的人,在古怪和独创之间摇摆。

从 1953 年左右,他就想到了数码的"生命化",相信程序不久就可以自我繁殖,甚至形成达尔文式进化。正好在这段时间,科学家发现了 DNA 的双螺旋结构,巴里切利索性把 DNA 称为"分子形状的数字"。

19 世纪达尔文的进化论,一百多年来仍显得惊天动地,引诱很多人想办法试验它。巴里切利自己本来是生物学家,专项是病毒学,但深感用真正的生物(细菌、果蝇之类)去试验太受局限,不如用"数字生命"来模拟一个细胞共生系统。于是他用机器码写了个程序,关于五百一十二个细胞。每个细胞占八位比特,能自我复制,有生存和迁移规则,比如细胞只有在其他细胞"在场"的情况下才可复制,这样"共生"永远是环境条件。这些细胞受环境牵制,有竞争有合作,冲突来临的时候有"法律"可依,"生存艰难,不断有各种挑战,但生存是可能的"。"环境常有变化,但整个宇宙不会同时突变"。戴森在写到这段历史的时候评论:"在一个小小的范围内,巴里切利当了一回上帝。"细

228

胞的生死有随机性,其中适应环境的能够生存、繁殖。随机和"适者生存"。但它们并不仅仅是随机盲试,它们逐渐在自然选择中演化出学习和解决问题的能力。生命有限,求生压力在即,它们会搜索资源,会扩大版图。巴里切利或许有意打破生物和非生物的界限,但他自己也很奇怪,无论怎么改变规则,让基因突变,这些细胞还是很容易全部死掉,最终无法模拟地球上的真正生命,"一定有什么关键的缺失",他说。假如有一天,这种(基因型和表型的)转译能够建立,核苷酸才能转化为蛋白质。而这个过程,需要一种能容错的语言——之后,生物进化就可以加速了。

白天的 IAS,一台计算机不断做运算预测天气,晚上巴里切利就溜进来,整夜算他的"生物模型"。就这样,巴里切利观察了几千代自己的小生命,目击它们真的产生了跟人类一样的问题:有时因为缺少竞争和挑战失去了适应能力,有时因为瘟疫或灾难大片死亡。总的来说,它们仍然像水族馆里的热带鱼般与世隔绝,但也实践了相当深刻的进化主题。1963 年后,离开了 IAS 的巴里切利改变了研究方向,他手下的小生物能玩五子棋了,虽然棋力远远不能让他满意。

在描述这个数字世界的时候,巴里切利爱用"空空的宇宙"这个句子,颇令人遐想。20 世纪 50 年代的世界,激烈而充满变故和机会。在嫌生物进化太慢的巴里切利眼里,宇宙和世界还很空,有巨大的空间供人去填充。

在如今的世界上,"数字生命"早不是新鲜东西了,比如 1970 年,康威(John Conway)的程序"生命游戏"模型对生物进化就已经有了更生动的描摹。以后,各种模拟生命形态并引入随机性的游戏更加惟妙惟肖。当年远远超出时代的巴里切利,在操作层面早已显得太粗糙,没有实际用处,他的时代还没到来就过去了。而我读到他的拥有五百一十二个细胞的"空空的宇宙",仍然心动,我们这个看上去过于拥挤和喧闹的世界,是否仍然空空荡荡? 我心中的回答是"是的,仍然如此"。不管地球如何喧闹,宇宙的广阔、星际的距离仍然非个体生命可以度量,生命的孤独依然如初,它属于能够逃逸的心灵,这种空旷也只有某种心境才能领会。

1985 年,巴里切利在一篇名为《智能机制主导的共生进化过程》的论文中说,"如果人类形成一种用计算机程序进行日常交流的习惯,那么这种交流就近似于细胞之间的谈话"。两年后,他在最后一篇论文中提出"数字进化"将和生物进化共生,形成一个更强大的智能系统,远远超过人类现有的能力。代码的进化和基因编码的进化一旦相容、互动,会生出今人难以估量的结果。

而现在,人类的计算机如此强大,DNA 的宇宙与人的时间之间的壁垒已经开始打破,计算机开始直接写 DNA 编码了。DNA 编码之复杂,非人脑可读,但计算机可以读懂它们。这个过程已经不是纯粹的达尔文进化论了,因为数字、程序的变化并非由继承而来。基因的改变也可以"水平进化",也就是直接从外界植入。这当然是备受文化和伦理争议的做法。可是,把基因编码存储到生命体之外,是完全可能的,"好比如今我们把大量知识存在互联网上一样",戴森说。这个想法,巴里切利在 1966 年就提出来了。

巴里切利为"数字进化"发明了一种程序语言,B-mathematics。1993 年,B-mathematics 随着他的去世一同消失。不过,如今居然还有一小群粉丝惦记着他,网上有人把他的想法重写成小程序,点击之后就看到大片色块的恣肆穿插。

二

《图灵的大教堂》一书的主人公并非图灵,而是几个制造计算机的先锋人物,尤其是跟图灵个性相反的冯·诺依曼(John-Louis von Neumann)。后验地看,图灵和冯·诺依曼是 20 世纪电子计算机的两个重要创始人,图灵重在理论,冯·诺依曼的贡献则更广泛,覆盖数学和物理许多分支,还亲自带领团队造成了电子计算机。跟图灵的传奇人格、悲剧结局不同,冯·诺依曼是个情商不低的天才,既是先锋科学家又能组织团队,同时又精于世故,能从富商那里要钱。虽因癌症不假天年,冯·诺依曼一生相当顺遂,并无激烈的戏剧,也许因此他没有成为电影的主角。他的成就很难一一尽述,因为覆盖面实在太广。仅就最为人知的计算机而言,他的眼光比"制造计算机"更远,真正感兴趣的是发展"数学生物""数学气象""数学地质"等学科。作者戴森在演讲中说,冯·诺依曼很可惜地,五十三岁就去世了。假如他现在活着回来,会很惊讶这个世界的个人机模型竟然还是他设计的那个!

在本书中,戴森用大量篇幅描写这个在生活中显得过于"正常"的奇才。冯·诺依曼出生于匈牙利的富裕犹太人之家，一战之前的匈牙利文化繁荣，出了不少大数学家。冯·诺依曼应该算是"小时了了，大亦奇佳"的人，从小就在数学、工程上有过许多神童事迹，难得的是，还很快乐自由，性格也相当平衡。他终生热爱拜占庭历史，对不少文学名著中的细节都有问必答。据说病重之际，数学能力几乎离他远去，对拜占庭历史还能背诵出几段。终其一生，他好奇心极强，对各种有趣而难解的问题，从理论到工程，从数学到生物，从经济学到气象，他都会追索至自己满意为止，思考的清晰度总会远超旁人，写出的论文初稿就能发表。对股票、赌博这种事情，他也不会接受现成的解释——结果就是，他用业余时间跟人合作发表了关于博弈论的重要论文。在 40 年代的背景下，博弈论的思想最先被军事研究吸收，之后是经济学领域。

20 年代末，IAS 正在招募科学家，挖到了当时在美国少有人知的冯·诺依曼，他就成了普林斯顿最早的欧洲移民科学家之一——幸运地，赶在移民潮之前，来到爱因斯坦、哥德尔所在的地方。此时，纳粹势力在上升，开始驱赶德国大学中的犹太人，冯·诺依曼索性辞掉所有职位，决定永远留在美国。IAS 的待遇太优厚，超过欧洲的工资好几倍，以至于有科学家开始悄悄问"我们这样的收入算合法吗?"来美的欧洲科学家越来越多，尽管 IAS 一直努力争取资源，并且难得地不限制犹太名额，IAS 最终还是人满为患，冯·诺依曼的密友，波兰数学家乌拉姆(Stanislaw Ulam)初来美国都无法加入，只能去了威斯康新大学。

据乌拉姆回忆,冯·诺依曼待人亲切愉快,社交方面应付自如。此外,他跟犹太富裕家庭出身的人最容易有共同语言——而乌拉姆正是这样的人,一样是数学天才,对诸事思考不休。还有人说,冯·诺依曼不能区分他人的能力,"因为所有人都比他差太多"。他还是很有人格魅力的,"关于他的轶事有不少,比如每天大家来上班,都会不由自主寻找门口那辆巨大的凯迪拉克。如果那辆车不在,说明他不在,那么整个大楼都没意思了。他喜欢大车,每年都要买辆新的,而且不断拿超速罚单。有人问他为什么总开这么大这么快的车,他说"因为他们不卖我坦克"。他看上去无所不喜,要说不擅长的事情恐怕就是音乐和体育了,太太企图说服他试试滑雪,初试之后他就嘟囔说还不如离婚。

二战期间,原本以纯数学研究为主的冯·诺依曼到达洛斯阿拉莫斯(Los Alomos,位于新墨西哥,美国国家实验室所在地),跟当时痛恨希特勒的欧洲移民一道,参与跟军事相关的应用物理研究。二战结束了,冷战还在继续,冯·诺依曼和不少科学家都相信新武器能够维持和平。而因为实际工程需要大量计算,对计算机的需求迫在眉睫。早期的"计算机",某些上下文中是指能执行计算指令的人(多为女人),事实证明,虽然人类在准确度上不如机器,但仍然在一战中大显身手。"计算机"也指一些打卡的机器,这并不新鲜,19世纪的织布机已经实现这种0-1式指令,之后打孔卡一直有广泛应用,它能写指令,也能存储数据。

1946年,美国军方支持,宾州大学的莫里(John Mauchly)和埃克特(J. Presper Eckert)带领人成功地制造了最早的电子计算机之一，伊尼亚克(ENIAC)——这里之所以用"之一"，因为电子计算机的发展很复杂，很难选出"最早""之一"。这台三十吨重的机器每秒能算几千次，在二战时最大的用处是为陆军计算弹道。它的结构却跟今天的个人电脑很像，只是你不能拎起它，倒能当房子住。晶体管1947年才发明，当时伊尼亚克用了大量真空管，体积大，能承受的温度有限。

它的速度让人满意，准确度也高，但一切计算都依靠硬件连线，不同的问题需要不同的连接，很难存储信息。冯·诺依曼当时正在氢弹项目中，不过对伊尼亚克很感兴趣，他想出了一个办法，用伊尼亚克的寄存器之一来存储函数位置，就可以用位置迅速查找，间接解决了存储问题，事实上，后来的几十年里，用地址存储指令及顺序就是现代计算机的基本方式，当然，它不是唯一可能的方式，不过历史已经写就，当代多数编程语言都是根据这个思想来设计的。真空管、阴极射线管早已走进历史，而计算机的结构从1946年后就没有过普遍的改变，依然是存储、控制、运算、输入输出几大块，它并不完美，比如众所周知的CPU和外设之间的瓶颈。此外，所谓冯·诺依曼结构的思想，莫里和埃克特也有贡献，但只有冯·诺依曼被列为发明者，这一段发明权的纠纷，给这两人留下了不小的伤口，也断绝了跟冯·诺依曼继续合作的可能。这个插曲的确给冯·诺依曼留下一些非议，但他绝非嫉贤妒能之辈。在IAS的二十年里，他坚决支持并保护了哥德尔，让这位渐渐过了黄金时代、后来又患病的天才有了安身之所。

后来，冯·诺依曼自己带领团队设计新的电子计算机，同时给IBM当顾问（埃克特后来抱怨冯·诺依曼把他们的想法出卖给了IBM）。战时被迫进入应用领域的数学家们，战后恨不得赶紧回到纯数学，而冯·诺依曼从此迷上了计算机的设计。在偏于理论的IAS，没有多少人响应他，他动用不少手腕才找到投资人。除此之外，他自己并不擅长动手，需要一个工程团队实现他的理念。IBM的毕格罗（Julian Bigelow）就是被他嗅到的人才之一，他很快成了冯·诺依曼的"御用"总工程师，成了团队核心。从小喜欢修东西，长大后弄了一堆破车在家里鼓捣的毕格罗，本来属于IAS科学家最不屑的一类人，但冯·诺依曼知道，要想让计算机的设想变成现实，就得从设计电路开始。冯·诺依曼建议尽量利用战时剩下的零件，避免设计新元件。为了利用这些不可靠的旧零件，工程师们不知冒了多少风险，失败多少次。"每星期，冯·诺依曼要跟每个人谈话，询问进展。他的问题总是那么精确、切中要害，简直像一面镜子，一下子把主要问题照出来。"一位工程师回忆道。这台最终成型的机器，就是著名的 MANIAC[1]，也叫"IAS 计算机"。当时冯·诺依曼决定不申请专利，于是十五台"克隆"的机器迅速造出来。之后又有了 IBM701 等好几个不断改进的模型。

如今人们把冯·诺依曼跟图灵当作两个最重要的计算机科学创

---

1 "Mathematical Analyzer, Numerical Integrator, and Computer" 或 "Mathematical Analyzer, Numerator, Integrator, and Computer" 的首字母缩写。

始人。冯·诺依曼熟读过图灵的论文，也很清楚图灵创建了最基本的理论，但图灵的理论本身并不决定计算机的实际结构，计算机的产生也并不依赖图灵机，只是，计算机科学的基本问题和框架确实离不开图灵机。历史，偶然而幸运地，让人类从计算机产生之初，就有了长远的基本框架，避免了许多弯路。

这几年中，测试、写代码要动用大量人力。一个有趣的事实是，不少参与者是科学家、工程师的太太。这个时代，女人很难独立选择什么，婚姻很偶然地让一些人进入历史。这其中知名的一位就是冯·诺依曼的太太克拉丽(Klari von Newmann)。她也来自匈牙利的犹太富商之家，曾经是个被宠坏的小公主，喜欢滑冰(当时是国家级选手)，不爱上学，后来嫁给一个赌徒。在一个赌场，冯·诺依曼正琢磨用他的博弈论玩轮盘赌，结果输光了。当时克拉丽夫妇也在赌场，就这么认识了，她给他买了杯饮料。后来，仗着爸爸有钱，克拉丽逃脱了那段婚姻，嫁给一个温和的老银行家，颇为幸福。可是认识了冯·诺依曼(当时他的婚姻不太愉快)，开始了联系，从此再也止不住。"之后我向善良的丈夫坦白了，谁也无法代替约翰的头脑。"当时冯·诺依曼的太太玛丽安带着两岁的女儿，要满足离婚的要求，必须在沙漠般的内华达州住六星期[1]。这六星期极为痛苦，可后来克拉丽与冯·诺依曼的婚姻也并没有太多安全感，因为冯·诺依曼跟前妻并没断了联系，这是女儿玛丽亚回忆的。她是冯·诺依曼唯一的后代，后来成了相当重要

---

[1] 按当时美国法律，夫妻无过失离婚时一方要居住在另一州并成为该州居民，内华达州对居民要求最低，只需六周，所以很多人去那里离婚。

的经济学家,最终不需要"冯·诺依曼的女儿"这个称呼来证明自己。

冯·诺依曼跟克拉丽结婚的过程也很痛苦。因出庭日期等原因,她必须在离婚之后马上结婚,但匈牙利官方又不承认冯·诺依曼和前妻的离婚。冯·诺依曼只好放弃匈牙利国籍,并且动用各国的全部关系,在各种手续中奔忙。这个过程让两人都筋疲力尽,克拉丽差点想放弃了。这是 1938 年,纳粹迫害将近,再稍微晚一点,一切都更加不确定。冯·诺依曼在欧洲与美国间奔波无数次,最终带着克拉丽永久地离开了欧洲。

刚到普林斯顿,克拉丽很不适应,陷入了抑郁,并且有自杀倾向。她的父亲就死于抑郁后的自杀,而她自己,在冯·诺依曼去世之后,也突然在海边溺死。

不管怎样,这对夫妇在一起度过了十八年,其间克拉丽不仅在回忆录中为科学史留下了宝贵的史料,她自己还从一个对数字毫无概念的人,成为最早的程序员之一。本来,冯·诺依曼只是想找一个完全不懂数学的人来试验一下计算机的效果,但她渐渐迷上编码和解决问题。

战后,美国开始研制氢弹,冯·诺依曼是关键人物之一,他和许多科学家在当时都相信,只有氢弹的力量才能制约苏联。计算机的一个重要用途就是为了氢弹所需的复杂运算。在这个过程中,利用伊尼亚克现有的运算能力,把它改造成当前所需的计算机是关键一步,克拉丽日夜艰苦工作,在其中起了重要作用。

1956 年,冯·诺依曼突然被诊断出癌症,而且癌细胞已经转移。

"住院两个月，他跟医生讨论问题时已经显示出惊人的医学知识，迫使医生把实情告诉了他。"太太克拉丽后来回忆道。毕格罗每周都去看望他，"眼看他脑力下降真是一件痛苦的事情"。乌拉姆回忆说，"他没有抱怨过病痛，但他的人格变化、跟克拉丽关系的变化、种种态度的变化都令人心碎。有一段时间他突然变成了个严格的天主教徒……"可是他对科学的好奇和记忆力仍未远离。"他去世前几天，我为他用希腊语读一段塔西陀的历史，他还能纠正一些我的错误。"之后，冯·诺依曼知道自己已经不能思考数学了，他让女儿玛丽亚考他几个算术题，比如四加七。玛丽亚按他的话问了几个问题，就痛苦地离开了房间。最终，他的葬礼以天主教的仪式完成。

乌拉姆只能独自留下来地目击数学和生物学的革命了。IAS 不再是计算机的发展之地，工程师毕格罗在 IAS 也没有了位置。计算机的设计在前进，但冯·诺依曼的缺席，关闭了许多扇门。

三

戴森在《机器中的达尔文》中引用 17 世纪的哲学家托马斯·霍布斯的《利维坦》中的话，"社会这个庞然大物好比一个巨大的人工智能体"——当然，这是现代人的"意译"，而 19 世纪的塞缪尔·巴特勒，认为机器是一种"机械性的生命"，它们也会进化。它们是怎样进化的呢？《图灵大教堂》中概括了历史的一个小小侧面，"第一代计算机促成了第一代原子武器,下一代计算机促成了下一代原子武器"。他指的是原子弹和氢弹,正好,冯·诺依曼都对之起了重要作用——计算机的功过,可见一斑。多棱的历史还有这样一面:冯·诺依曼的时代,计算机是属于数学家的,而这几十年来,程序员渐渐不再学习机器的语言,而是机器开始用人的语言"讲话"。

机器与人,从来是永恒的话题,在今天则更普及。作为一名程序员,我每天面对人性和机器的对立,却也不时感受到机器世界与社会文化的镜像。计算机世界其实充满了"人"的因素,它的视角也正是"人"的视角,其中积累的文化,有风潮、商业、政治之间的种种博弈,个体常常被这些看不见的手牵着鼻子走。浏览一下各种社会的历史和政治,好的初衷、不好的执行、水土不服的或者被歪曲的理念,跟软件公司的陈年代码何其相似——代码要删没删干净,或者删除过程破坏了某个小小的产品特性,新来的程序员不知道,只能打补丁,打着打着,过去的方向已经改变,没人知道这中间发生了什么。常常,人类社会用几十年摇摇晃晃表演出的糊涂账,软件公司几年就可以完完整整地搬上舞台。在我眼里,软件在"局部"是理性的——不管多小的产品,总会经得起一定的反复测试,长远看来则未必,甚至可以把人的糊涂、软弱以及不理性之中体现的创造力和热情放大到极致。戴森则认为,巴里切利那些能自我复制、适者生存的小生物,就好比今天的种种应用程序。它们有一定的智能,但并不能控制自身的进化。

人类自古以来就有对工具和机器的需求,但机器并非从天而降,多少代人经过艰苦漫长的试验和突破,其中有多少光辉的创造,多少克己努力的人生，仅凭这一点，看上去"反人性""反天性"的机器，其实是人性的胜利。另一方面，不管机器多灵巧，社会总是把机器的理性往回拽。我把自己归类为放心大胆地赞美机器的人，因为我相信机器与人之间的动态对话，并不那么容易终结。

参考文献

1. *Darwin among the Machines: The Evolution of Global Intelligence*, George Dyson, Basic Civitas Books, 1997.

2. *Turing's Cathedral: The Origins of the Digital Universe*, George Dyson, Vintage, 2012.

3. 维基百科相关词条。